I0726980

LES CUEILLEUSES DE SAFRAN

Un monde où la transformation est contagieuse

KINGSLEY L. DENNIS

Illustré par
Naomi Hasegawa

Beautiful Traitor Books

Copyright © 2020 par Kingsley L. Dennis
Traduit en français par Gérard Szymanski

Tous droits réservés. Aucun extrait de cet ouvrage ne peut être repro-
duitni transmis sous quelque forme ni par quelque moyen que ce soit,
électronique ou mécanique, y compris la photocopie et l'enregistrement, ni par tout système de stockage ou de récupération
d'informations sans l'autorisation écrite
de Beautiful Traitor Books.

Edité par Beautiful Traitor Books -
http://www.beautifultraitorbooks.com/

Toute personne qui se servirait de cet ouvrage d'une manière non auto-
risée serait passible de poursuites pénales et redevable de dommages
et intérêts. L'auteur a affirmé son droit d'être identifié comme l'auteur
de cet ouvrage conformément à la Loi de 1988 portant sur les droits
d›auteur, les illustrations et les brevets.

ISBN: 978-1-913816-02-5 (broché)

Première publication: 2020

Conception de la couverture : Kingsley L. Dennis & Ibolya Kapta
Dessin de couverture et dessins internes par Naomi Hasegawa
Formatage du livre: Ibolya Kapta

Copyright 2020 par Beautiful Traitor Books. Tous droits réservés.
info@beautifultraitorbooks.com

Remerciements
Je voudrais exprimer ma gratitude et ses sincères remerciements à
Gérard Szymanski pour sa merveilleuse traduction de ce livre. Merci
également à Catherine Hayter pour sa révision professionnelle. L'épice
du safran doit beaucoup à la magie de Gérard et Catherine.

Dédicace

Ce livre s'adresse à ceux qui veulent apprendre du safran.

*Si le soleil se lève au dehors, et non à l'intérieur,
on n'aura rien gagné*

La Madre

TERESA

L'univers n'est pas l'expression d'équations mathématiques, c'est un jeu de forces poétiques. Tel un enfant, il est ivre d'amour, d'émerveillement et de la joyeuse curiosité de l'aventure.

CHAPITRE PREMIER

~ Seuls ceux qui font le premier pas apprennent à marcher ~

La petite fille entra doucement dans la pièce, elle ne voulait pas faire de bruit. Elle ne voulait pas déranger les particules de poussière qui dansaient dans les rayons du soleil. Comme il en va aux jours d'été, la lumière était apparue très tôt. La chaleur aussi commençait à monter, elle allait bientôt s'infiltrer par la fenêtre entrebâillée. Tandis que les derniers effluves de jasmin et de belles-de-nuit se faufilaient à l'intérieur, une brise infime apporta un parfum subtil. La petite fille demeura immobile. Elle attendait patiemment. Ses sens s'apaisaient au rythme silencieux de la pièce. Elle comptait chaque inspiration, chaque expiration, comme si son souffle était son compagnon. Ses yeux se posèrent sur la silhouette assise près de la fenêtre.

L'entrée de Teresa dans la chambre de la Madre est l'un de ses plus anciens souvenirs. Elle avait cinq ans. C'est là que tout a commencé, à cet instant ou le passé et le présent s'entremêlent. Tout le contenu de sa mémoire s'était évaporé au moment où Teresa était entrée dans la pièce. Ce matin ensoleillé allait demeurer dans sa mémoire comme le premier jour de sa vie. C'était la première fois qu'elle rencontrait la Madre. Les premières rencontres ne se reproduisent jamais, même si on le veut très fort. Elles sont précieuses, comme un baiser sacré.

CHAPITRE DEUX

~ Ceux qui arrivent ne resteront pas tous.
Ceux qui sont là ne sont pas tous arrivés ~

Toutes les filles se réveillèrent une heure après le lever du soleil et s'habillèrent pour prendre leur petit déjeuner au réfectoire. Les grandes allaient bientôt partir pour la cueillette du matin, tandis que les plus jeunes resteraient pour aider au nettoyage. Teresa était censée apprendre rapidement les coutumes de l'orphelinat. C'était là un des domaines où elle n'avait pas de choix; de même qu'elle n'avait pas choisi d'être sélectionnée pour le nouveau programme du Foyer pour filles du Safran. On n'y acceptait que très peu de jeunes filles chaque année. Selon quels critères ? Teresa n'aurait su le deviner. Elle était arrivée fatiguée, confuse, elle ne demandait rien de plus qu'un abri convenable et des soins corrects.

Une assistante médicale l'avait amenée en voiture devant la grande maison, au bout d'une longue piste de gravier. Teresa, silencieuse, s'était assise à l'arrière de la voiture et regardait défiler les collines comme sur un long ruban multicolore. La campagne lui semblait-elle accueillante, dure ou indifférente ? Elle se souvenait de cette question. Elle avait toujours aimé deviner la nature des choses dans le silence intérieur. Le jour de son arrivée, elle s'était demandé, à regarder le paysage, si les arbres penchés dans les champs, approuvaient son passage. Peut-être la voyaient-elle comme une intruse sur leur territoire? *Je ne fais que passer, mes chers champs.* Teresa avait murmuré ces mots en silence, comme si elle écrivait dans l'air. Puis, elle avait demandé *savez-vous où ils m'emmènent?*.

La voiture venait de leur amener leur nouvel enfant : les yeux fermés, elle appuyait la tête contre la vitre du passager. Tant d'événements en si peu d'années… Teresa n'avait pas eu le temps de savoir ce qui dans sa vie demeurait permanent.

Il lui semblait que sa petite âme avait renoncé à contrôler toute direction, son corps était comme une semence dans le vent. Les mots lui manquaient pour articuler tout cela, mais tel était son sentiment au jour de son arrivée. C'est en elle-même que Teresa préférait vivre, là où les papillons nagent, là où les abeilles creusent le sol.

La maison ressemblait à un manoir. Ou plutôt à un monastère, un de ces lieux rempli de gens en prière, fait de grandes salles pleines de silence et de pierre. Malgré l'énormité du bâtiment, Teresa l'avait trouvé accueillant. Elle se dit que, peut-être, cet endroit avait ouvert un portail invisible pour elle seulement, pour lui permettre de s'approcher et d'entrer. Tout autre qu'elle aurait été rejeté, refusé par l'esprit des pierres. Dans la tête de Teresa les idées se bousculaient quand la voiture s'immobilisa et que le moteur s'arrêta. C'était un autre endroit, une nouvelle étape pour les minuscules pieds de Teresa. Dès que la porte de la voiture s'ouvrit, elle sauta dehors. Pas question d'attendre plus longtemps.

Ce jour-là était enfui maintenant, coupé de son passé. Cependant, comme bien des événements à l'orphelinat, il avait été intégré au présent avec tout ce que pouvait contenir son esprit, sa mémoire et ses sentiments.

Le lendemain de son arrivée, on avait emmené Teresa voir la Madre, la matriarche de l'orphelinat. La matinée était particulièrement chaude.

CHAPITRE TROIS

~ Il n'est rien en ce monde qui n'ait rime ou raison ~

Quand la silhouette lui fit un signe, Teresa s'approcha. On lui avait recommandé de faire preuve de respect et de courtoisie, car, si on prenait soin d'elle, c'était avec la bénédiction de la Madre. En chaussons, Teresa, marchait à pas de velours. Elle sentit le sol de pierre appuyer contre la plante de ses pieds. Il était frais et dégageait une odeur d'antiquité et de sécurité. Quand elle fut près de la grande chaise en bois, Teresa s'arrêta. Elle observa la Madre de profil. La vieille dame continuait à regarder par la fenêtre entrouverte. Un rayon de lumière tombait sur son épaule, il évoqua pour Teresa le châle d'une princesse. Quand la Madre tourna la tête, ce fut pour l'accueillir avec un sourire chaleureux.

«Bienvenue, Teresa. Tu marches si doucement que je ne t'ai pas entendue entrer ». Teresa sentit ses joues s'empourprer légèrement. Elle baissa les yeux, pour ne rien en laisser voir.

«Donne-moi tes mains, Teresa.» Elle s'avança et laissa la Madre lui prendre les mains. Alors que la vieille dame regardait

attentivement les mains de la jeune fille, les retournant et sentant
la douceur de leurs paumes, Teresa inspectait le visage de sa nouvelle protectrice. La dame n'était pas aussi âgée que Teresa l'avait
pensé. Son visage gardait encore quelques attraits de la jeunesse,
sa peau lisse semblait encore indemne des rides et autres atteintes
du temps. Les traits de la Madre étaient calmes, ils allaient bien
avec la quiétude de la pièce et la force de la pierre. Teresa laissa échapper un long soupir et se détendit quand, gentiment, la
Madre lui lâcha les mains. Elle les laissa au repos le long de son
corps.

« Tu sais ce que nous faisons ici, Teresa? »

Teresa hocha la tête.

«Nous récoltons et recueillons certaines choses, mais ce
n'est pas pour nous-mêmes. Nous ne conservons rien. Nous col-
lectons pour donner. Comprends-tu ce que cela signifie?

Teresa hocha la tête. La Madre sourit et avança la main
pour caresser la joue de la petite fille.

«Contrairement à bien des gens dans le monde, ce que
nous faisons ici n'est pas pour nous. Nous nous aidons aussi
nous-mêmes. C'est ainsi que nous comprenons le monde. »

Teresa laissa entendre un « Oui… » très doux qui glissa
sur sa langue comme une traînée de plumes.

« Bien. Nous sommes très heureux de t'accueillir parmi
nous, Teresa. »

La Madre tendit la main et lui déposa un doux baiser sur
le front. Teresa n'était pas habituée à cette tendresse, à une telle
affection. Une sorte de picotement chaud lui traversa tout le corps
et sembla sortir par le haut de sa tête. Ce jour-là, pour la première
fois, Teresa se souvint s'être sentie vraiment en vie. Bien d'autres
jours allaient suivre.

CHAPITRE QUATRE

~ Un cœur généreux cherche toujours à rétablir l'harmonie ~

Teresa aida à nettoyer les tables du petit-déjeuner avec d'autres filles plus jeunes. Elles échangeaient des sourires et des regards bien que leur solidarité fût silencieuse et nullement envahissante. Il sembla à Teresa que les sons de l'édifice de pierre avaient plus d'importance que les bavardages. Pas de conversation inutile entre ces murs. Teresa en était reconnaissante. Dans les maisons précédentes, elle avait cherché à se cacher des autres filles qui s'agitaient et parlaient trop fort. Elle s'était mise en retrait… ce qui l'avait rendue visible aux yeux des autres. Comme sortant de nulle part, une invitation de la Fondation du Safran avait sollicité sa présence. C'est ainsi qu'avait commencé la procédure qui l'amenait maintenant à cet orphelinat de pierre recouvert de vigne vierge et de jasmin, connu sous le nom de Foyer pour Filles du Safran.

Tant que les filles n'avaient pas atteint un certain âge, on ne leur permettait pas de se rendre aux champs. Teresa brûlait d'y aller.

« Pourquoi ne nous laissent-ils pas y aller? »
L'autre fille regarda Teresa et haussa les épaules. Elle s'appelait Alicia, elle avait sept ans.

« Quand on sera plus grandes, on pourra participer à la cueillette. »

« Cueillette? Et qu'est-ce qu'on cueille ici ? »

«Des fleurs, bien sûr. Tout le monde ici cueille des fleurs. » Teresa sourit. Cela lui semblait une bonne idée. « On ne peut pas en cueillir dès maintenant? »
Alicia haussa de nouveau les épaules et lui sourit. « Pourquoi ne demandes-tu pas à la Madre? »

« Je le ferai peut-être. » Cette idée prit place dans l'esprit de Teresa parmi des pensées vagabondes. Sauf que cette pensée-là voulait se donner plus d'importance. Elle se plaça donc plus haut dans son esprit, presque au sommet de son crâne, là où elle ne pourrait plus l'ignorer.

Les jeunes filles aimaient jouer, surtout dehors, maintenant que l'été recouvrait l'orphelinat de pierres de parcelles de chaleur. Sous forme de carrés, de triangles, ou d'autres formes moins communes, ces taches solaires jouaient avec les ombres sur coins et des recoins extérieurs des bâtiments. C'était comme une tapisserie de chaleur et d'ombre, de lumière et d'obscurité, qui tissait un jeu de contrastes du matin jusqu'au soir. Dans la cour de l'orphelinat, les filles jouaient à inventer des jeux. Elles sautaient, applaudissaient, chantaient et dansaient comme le font toutes les jeunes filles à un moment de leur vie. C'étaient des ins-

tants joyeux et discrets où la vie vous tend les mains comme une
grande soeur et vous entraîne dans le jeu. Des instants où la vie
dissimule les voiles du chagrin, des cicatrices et de la souffrance.
Ces mains protectrices, étaient ornées de motifs à l'encre inhabi-
tuels, qui figuraient des animaux étranges, des fleurs et tout un
monde de possible. Teresa, comme les autres jeunes filles, saisit
ces mains, elles devinrent ses guides au fil des innombrables journées de travail et de jeu.

Tous les après-midi, il y avait un cours de gymnastique
pour les filles. Mais ces cours ne comportaient ni roulades ni les
courses habituelles, mais plutôt une série de postures et d'étirements. Anna, une grande de seize ans, animait ces séances. Ses
longs cheveux blonds étaient attachés en queue de cheval, découvrant un visage mince et lisse. Teresa l'observa attentivement, dé-
taillant ses grands yeux bruns comme les pièces d'un puzzle. Les
manières d'Anna étaient calmes. Sa façon de se mouvoir donnait
à Teresa, l'impression qu'elle nageait dans les airs. Elle admirait
Anna car elle était différente des filles qu'elle avait rencontrées
jusque-là. Plus, tard, quand Teresa eut appris le mot *grâce*, elle sut
comment la décrire. Un peu plus tard encore, elle apprit le mot
harmonie qui lui sembla approprié pour décrire Anna. Teresa était
enthousiaste chaque fois qu'elle pouvait associer de nouveaux
mots à une personne. Elle voyait le monde en action; la vie devient plus pratique dès lors qu'on peut mettre des mots sur les
choses. Tout devient plus clair.

« Pourquoi devons-nous tordre nos corps comme ça,
Anna? »
Toutes les filles regardèrent Teresa. Personne jusque-là n'avait osé
poser une question aussi directe. Anna se dirigea vers l'endroit
où Teresa était assise et plaça ses deux mains sur son dos, elle

poussa doucement pour abaisser son corps un peu plus du sol.

« C'est mieux », dit Anna en revenant devant la classe.

«Nous faisons cette torsion parce qu'elle est aussi bénéfique pour le corps que pour l'esprit. C'est une sorte de yoga. » Certaines des plus jeunes rigolèrent.

«Yogi, yoda, yogourt…» murmuraient-elles en riant. Teresa aussi rit doucement mais sans rien dire.

Anna joignit les mains et les pressa contre ses lèvres en souriant.

«Oui, c'est un nom inhabituel. Mais que ce soit du yoga ou du yoghourt » - quelques filles pouffèrent à nouveau - « ça sert à vous équilibrer ». Anna parlait d'une voix douce et calme. Teresa dessina dans l'air les mots d'Anna tandis qu'ils sortaient en spirale de sa bouche et se bousculaient comme les lettres du mot *yoga*.

Teresa fit l'effort de plier son corps selon les nouvelles postures. Son esprit voulait former avec son corps une solide paire d'amis.
Elle remarqua aussi qu'Anna l'observait.

CHAPITRE CINQ

~ On ne guérit pas l'ignorance par les méthodes les plus faciles ~

Les mardis et les jeudis après-midi, la Madre se rendait dans la cour de récréation pour parler aux jeunes filles. Pour beaucoup d'entre elles, c'était le moment fort de la semaine. Elles aimaient et respectaient la Madre, elles souhaitaient qu'elle reste plus longtemps avec elles. Cependant, la Madre avait de nombreuses tâches à accomplir et consacrait beaucoup de temps aux filles plus âgées. Ces rencontres du mardi et du jeudi étaient donc précieuses pour les plus jeunes. Pour Teresa aussi.

Le mardi après-midi, l'ombre recouvrait le terrain de jeu. Une ombre chaude qui protégeait la peau des baisers brûlants du soleil. Toutes les filles amenaient leur tapis de gymnastique et le déroulaient par terre devant la grande chaise. Elles s'asseyaient, changeaient de place, leurs petits corps s'entremêlaient. Mais dès que la Madre apparaissait, elles cessaient toute agitation pour s'asseoir, attentives. La Madre entra vêtue d'une longue robe fluide en lin blanc. Teresa trouva qu'elle lui recouvrait le corps comme un drap de lit. Les cheveux noirs de la vieille dame glissaient sur son visage pour se recourber derrière ses oreilles avant de retomber doucement sur ses épaules. La Madre s'installa lentement sur la chaise et posa les mains sur ses genoux. Chacun de ses mouvements était précis et doux. Teresa se dit doucement que la Madre ne présentait aucune aspérité. Sa peau aussi était plus sombre que Teresa ne l'avait imaginé. La Madre était peut-être allée elle-même cueillir ses propres fleurs dans les champs sous le soleil. Son visage avait bruni à la chaleur du soleil et s'était poli au contact des fleurs. Teresa imagina la Madre penchée sur une fleur rose vif, elle la vit mettre le nez dans les pétales roses pour inspirer sa couleur jusque dans sa peau. Plus tard, quand Teresa eut appris davantage de mots, elle repensa à cette image et la dénomma *transfusion de fleurs*. Certains aspects de la nature, se dit elle, devraient pouvoir être transfusés dans le corps humain comme une sorte de nourriture.

La Madre regarda le groupe de jeunes filles. Un large sourire se dessina sur son visage.

«L'éducation est l'une des raisons de notre présence ici.» Elle parlait d'une voix ferme qui aurait pu être un mélange de bois d'acajou et de vieilles pierres. «Si nous ne nous éduquons pas nous-mêmes, nous ne serons pas éduquées pour le monde. Nous arrivons tous ici comme des petits enfants, dépendants et incomplets. Il nous faut gagner notre indépendance et travailler à notre complétude. Cela a-t-il un sens pour vous? »
Toutes les jeunes filles hochèrent la tête, comme si une brise avait soufflé sur leurs cheveux, agitant une vague de bruns et de jaunes. La Madre eut un léger sourire et pressa ses mains l'une contre l'autre.

«Vous êtes jeunes et il y a beaucoup à apprendre. La bonne nouvelle, c'est que l·apprentissage ne s·arrête jamais, c·est comme une rivière qui coule sans fin. Je suis moi-même en train d'apprendre, je nage toujours dans cette rivière. Elle nous emportera toute notre vie et nous accompagnera au fil des ans. Mais ici, nous souhaitons vous donner accès à un autre genre d'éducation. L'apprentissage n'est pas une affaire de salle de classe ni d'examens ».

La Madre s'arrêta pour scruter les jeunes visages enthousiastes. Puis son regard se posa furtivement sur Teresa, et pendant un court instant, une connexion s'installa. Puis la Madre la quitta pour continuer. Teresa n'aurait su dire si elle avait imaginé ce bref moment d'arrêt, ou s'il s'agissait d'un scintillement dans le temps, comme lorsqu'un film saute une image.

«Pour nous, l'éducation n'est ni une question de certificat ni de diplôme. Ce n'est pas un morceau de papier figé qu'on archive pour qu'il prenne la poussière. L'éducation est permanente et continue. Elle doit être vivante, comme le fruit suspendu à l'arbre ou les fleurs qui se courbent sous la brise. Et comme tout ce qui est vivant, elle contient le désir intérieur de mieux comprendre - de grandir dans la pleine conscience, la gratitude et la valorisation. L'éducation est un monde qui s'ouvre à l'intérieur et vous incite à aller de l'avant avec une grande énergie, une grande confiance et un émerveillement sans limite. Le merveilleux est partout, n'est-ce pas?

Ce *oui…* qui traversa le groupe, associé à la chaleur de l'ombre donna à Teresa l'impression d'être embrassée, câlinée, par une main géante et aimante. Peut-être le monde contenait-il bien plus de choses qu'on le lui avait dit. Peut-être qu'il existait une bonne raison à son silence, à son retrait les années précédentes. Peut-être n'était-elle pas seule.

Alicia, qui se trouvait à côté de Teresa, la poussa du coude et quand elle se retourna, elle vit un sourire taquin sur le visage de son amie.

« Pourquoi es-tu si sérieuse? » Murmura Alicia.

Teresa rit bêtement, montrant qu'elle sortait de sa courte rêverie.

La Madre leva la main et le silence revint.

« Si nous faisons tous de la gymnastique, c'est qu'il y a une bonne raison. Je sais que tous ces étirements corporels peuvent paraître un peu étranges à certaines d'entre vous, les filles. On fait ici des choses qu'on ne voit pas souvent ailleurs. Chez nous, le corps a autant d'importance que l'esprit. L'éducation implique aussi le corps, il faut le préparer à un environnement différent, là où entrent en jeu d'autres énergies et d'autres impacts. Notre corps aussi requiert une discipline. Nous devons l'écouter. Ce faisant, nous écoutons aussi notre esprit d'une manière plus large. L'esprit ne se situe pas seulement dans la tête. La Madre pointa son front de la main droite, il est aussi dans tout le corps. Il nous écoute, le saviez-vous? »

Plus tard dans la soirée, après le souper, les filles étaient toutes allées au lit tranquillement. Les bougies parfumées qu'on allumait le soir, dans de petits bols en céramique, projetaient des ombres complexes sur les murs. Ces formes, qui pouvaient figurer des âmes d'animaux, dansaient le long de la pierre peinte, comme pour mettre en scène leur histoire. Certaines filles resteraient éveillées, les yeux écarquillés, à regarder les formes vaciller et bouger. Des chuchotements parcouraient les lits comme des fleurs des champs frémissant sous la brise. Plongée dans son lit comme dans un cocon douillet, Teresa se sentait bien. Ce confort, elle l'avait ressenti dès la première nuit passée à l'orphelinat. Il l'avait enveloppée chaudement comme s'il l'avait recouverte d'un lit de terre.

«Pst…»

Teresa tourna la tête sur le côté, son drap de lit remonté jusqu'aux oreilles.

« Hé, Teresa? » C'était sa voisine de lit, une fille du même âge qui s'appelait Tibia.

« Oui? »

« Tu es à l'écoute de ton corps? » Tibia pouffa et enfouit sa tête dans l'oreiller.

Teresa ricana. « J'essaye… »

« Qu'est-ce qu'il te dit ? »

« Qu'il veut moins de gymnastique… »

Les deux filles pouffèrent tout bas, ajoutant leur murmures au bavardage à très basse fréquence de la pièce.

« Hé, Tibia? »

« Ouais? »

«Je suis heureuse qu'il n'y ait pas d'examens ici. Je n'aime pas ce genre d'apprentissage », dit doucement Teresa.

« Moi non plus… »

Après une courte pause, Teresa dit : «Nos esprits doivent être vraiment grands…»

« Pourquoi? » Demanda Tibia qui tombait de sommeil.

« Et bien, si l'esprit est dans tout le corps, comme le dit la Madre, alors nous l'avons partout, n'est-ce pas? »

« Hmm, » répondit Tibia somnolente, « on peut dire ça… »

« Et puis c'est dans notre cœur - et aussi dans nos doigts et nos orteils. Nous devons vraiment être beaucoup plus grands que nous le pensons …

Tibia bâilla et se retourna, enfouissant sa tête au plus profond de l'oreiller.

L'âme d'un chat jaillit de la flamme de la bougie pour saisir la patte d'un oiseau éphémère. Teresa baissa la tête et regarda la pièce jusqu'à ce que ses yeux deviennent lourds. Bientôt, le sommeil vint border dans son lit l'âme de Teresa avant qu'elle saute à l'intérieur d'elle-même à l'écoute de son corps et de son esprit tout entier.

CHAPITRE SIX

~ L'autodiscipline suprême consiste en un renoncement sincère ~

Après le petit-déjeuner, Teresa et les filles de son âge aidaient à débarrasser la vaisselle et à l'emporter à la cuisine pour la laver. Les femmes âgées qui dirigeaient l'orphelinat s'appelaient les Dames. Elles parlaient peu, elle s'affairaient, chacune savait ce qu'elle avait à faire. Teresa était fascinée en les regardant. De temps en temps, elles donnaient une directive, une tâche aux plus jeunes. Elles parlaient doucement mais fermement, presque toujours avec le sourire. Aucune des filles ne désobéissait ni ne se disputait. Moins encore les grandes, les adolescentes. Les choses semblaient se faire naturellement. Teresa savait que certaines choses devaient être faites, et elle ressentit un besoin ardent de comprendre, de savoir pourquoi.

L'une des plus âgées, on l'appelait Madame Pym, dirigeait les cuisines. Ses cheveux grisonnants soigneusement rangés derrière les oreilles, elle avait un petit visage arrondi, à peine ridé, qui luisait comme un globe. Elle avait fait signe à Teresa de la rejoindre.

« Oui, Madame Pym »

« Teresa, retrouve notre Madame Celia et dis-lui de ma

part que je voudrais ses fiches de stock. »

Teresa fit une pause. Son esprit changea rapidement d'information. Elle savait qui était Mme Celia. C'était cette femme rousse, chargée de l'approvisionnement de l'orphelinat. Elle était réputée pour son efficacité et son extrême attention. Les filles l'aimaient bien parce qu'elle disait parfois des choses amusantes et faisait des blagues sur l'orphelinat. Mais pourquoi? Pourquoi lui demandait-on de faire cette course ? Simple question que Teresa avait sur le bout de la langue.

Madame Pym remarqua une courte hésitation chez Teresa.

« Teresa, tu as compris ce que j'ai dit? »

Teresa hocha la tête. «Oui, madame Pym. J'ai compris ce que vous avez dit. Mais pourquoi? »

« Pourquoi quoi? » Madame Pym leva un sourcil interrogateur.

« Pourquoi dois-je le faire? »

« Tu ne veux pas le faire ? »

« Si vous me dites pourquoi, je le ferai. » Le ton de Teresa lui avait échappé des lèvres, plus provocant qu'elle ne l'aurait voulu. Elle ne voulait pas provoquer, elle voulait seulement savoir pourquoi. Simple question.

Madame Pym la regarda droit dans les yeux et, d'un ton ferme, lui dit à mi-voix : « La discipline. »

La rencontre fut soudaine. C'est comme si elle avait surgi du sol, tels ces personnages qui jaillissent soudain à l'ouverture de certains livres d'histoires pour enfants. Ils vous sautent aux yeux, et vous n'avez qu'une envie, c'est de continuer à les regarder en oubliant le texte. C'est un peu ce que Teresa avait ressenti en tombant sur la Madre dans l'un des couloirs qui conduit à la cour extérieure. Les yeux de Teresa n'avaient pas eu le temps de s'accommoder au clair obscur. Elle faillit heurter la silhouette vêtue de blanc, qu'elle n'avait vue que comme une forme grise.

« Désolée, madame, je n'ai pas… oh, la Madre! » Teresa se sentit rougir. Elle tenta de cacher son visage. « Désolée, je ne vous avais pas vue », dit-elle doucement d'une voix où perçaient l'embarras et la honte.

« C›est Teresa, n›est-ce pas? » La voix de la Madre était calme. A l'entendre, on eut dit qu'elle provenait de l'ombre ou du silence lui-même. C'étaient comme des mots sans bruit.

Teresa hocha la tête. « Oui, la Madre. »

« Et sais-tu pourquoi tu t'appelles Teresa? »
Il y eut un court silence. « Parce que mes parents m'ont donné ce nom. »

«Je m›appelle Teresa parce que mes parents m›ont donné ce nom», répéta la Madre.

Teresa rougit. « Oui. Mon nom est Teresa parce que mes parents m'ont donné ce nom. »

« Non, ce n›est pas pour ça. »
Le visage de Teresa laissa transparaître un brin de confusion

« Tes parents ou tes tuteurs t'ont peut-être donné ce nom, mais ce n'est pas pour ça que tu le portes. Si tu t'appelles Teresa, c'est pour une raison très spéciale. Tu ne le sais peut-être pas, mais c'est ainsi. Avant de comprendre le pourquoi et le comment de ce monde, il te faudra d'abord comprendre l'obéissance. Tant que tu ne sais pas faire une chose, tu ne peux pas en comprendre le pourquoi. Mes mots ont-ils un sens pour toi, Teresa? »

Teresa fit oui de la tête. La Madre sourit et baissa la tête pour s'approcher de Teresa.

« Peut-être qu'une fille curieuse comme toi voudra aussi savoir pourquoi elle ne peut pas sortir le matin pour cueillir des fleurs comme les grandes ? »
Cette fois, Teresa rougit vraiment. Elle sentit une nouvelle chaleur dans l'ombre du couloir, comme si les murs de pierre commençaient à irradier la chaleur extérieure du soleil. Mais cette chaleur ne venait pas de l'extérieur. Elle provenait d'un endroit profond dans le petit corps de Teresa.

La Madre posa doucement la main sur l'épaule de la jeune fille.

«Pour le moment, ma petite Teresa, je vais demander à d'autres filles de cueillir des fleurs pour toi, pour que tu puisses apprendre quelque chose de nouveau. Un nouveau jeu ! »

La Madre laissa échapper tout bas un petit rire qui vint se mêler aux cheveux de Teresa et l'électrisa. Puis elle s'éloigna.

CHAPITRE SEPT

~ L'absence de bruit est un silence négatif.
Un silence positif, c'est tout autre chose… ~

Quelques nuages blancs se rassemblaient dans le ciel, étouffant le bruit que produisait la nuée d'oiseaux. Teresa et Tibia se tenaient par les épaules, elles longeaient les murs de pierre de l'orphelinat et se faufilaient autour du bâtiment en essayant de rester dans l'ombre. C'était juste après le petit-déjeuner, après qu'elles aient terminé leur tâche de nettoyage. Les jeunes filles partaient maintenant en exploration. Elles voyaient l'orphelinat comme un grand espace, avec ses coins et ses recoins en pierre qui conservaient le récit de leurs histoires. La pierre parle peu, au lieu de laisser les choses s'envoler, elle préfère un silence qui absorbe et garde en mémoire. Derrière l'orphelinat se trouvait un grand puits qui s'enfonçait profondément dans la terre jusqu'à atteindre l'eau. Les deux jeunes filles regardaient maintenant par-dessus le bord de ce mur de pierre circulaire, elles s'accrochaient à la margelle et se haussaient. Une bouffée d'air humide et froid pénétra dans leurs narines et enveloppa leurs visages. Une obscurité inconnue montait des profondeurs. Pour Teresa, on aurait dit qu'elle leur faisait étrangement signe.

Tibia frissonna. «Brrr, je n'aime pas ça. C'est tellement profond. Il peut y avoir n'importe quoi là-dedans... »

« Autre chose que de l'eau? »

« Oui ! Plein d'autres choses ! »

« Qu'est-ce qu'il y a là-dessous à part de l'eau? » Le nez de Teresa se fronça, comme pour capter l'odeur de ce truc inconnu qui n'est pas de l'eau.

« Sais pas... Veux pas le savoir. C'est peut-être un truc du genre gros poisson-serpent. Qui peut te manger.

Teresa s'arrêta quelques secondes. « Tu as peur ? »

« Je n'ai pas peur, je suis seulement ...   Tibia s'éloigna dans un silence négatif.

« Pas besoin d'avoir peur - on est protégé ici. »

« On ne devrait même pas être ici. Ce n'est pas pour nous. C'est réservé aux grandes. »

« Nous serons grandes un jour », répondit Teresa calmement, comme perdue dans ses pensées. « Et les gros serpents ne me dérangent pas. »

« Qu'est-ce qui te dérange alors? »

Teresa se laissa tomber de la margelle du puits, enleva sa robe et haussa les épaules. 'Ne pas savoir. »

« Quoi? »

« C'est ça qui me dérange, c'est de ne pas savoir. »

Tibia se laissa tomber à côté de Teresa et la regarda, le front barré d'un pli.

Teresa lui sourit d'un air effronté, avant de s'écrier: «Viens! »

Teresa courut dans la cour, suivie de Tibia. Les deux jeunes filles gambadèrent le long du sentier qui serpentait au milieu des parterres de fleurs. Elles arrivèrent à un grand portail en bois rectangulaire encadré de deux grands piliers en pierre. Teresa fut la première à grimper sur les lames de bois. Elle s'appuya des coudes au sommet de la clôture pour regarder au loin. Le soleil lui caressait le dos d'une main tiède, comme pour la soutenir.

« Qu'est-ce que tu vois ? » Tibia leva les yeux depuis le bas de la clôture; de ses petits doigts, elle tapotait contre le bois.

«Des champs, beaucoup de champs. Et beaucoup de fleurs aussi!

«Combien de fleurs? De quelles couleurs? »

«Plus de fleurs que tu n'en as jamais vues ! De toutes les couleurs! On les a saupoudrées là comme des bonbons. Je veux y aller… »

« Mais tu ne peux pas, tu es au courant ! »

« Je ne suis pas au courant ! » Mais Teresa fronça les sourcils, car elle savait très bien.

Le reste de la matinée, les deux filles explorèrent le périmètre de l'orphelinat, elles effectuaient leur premier voyage de découverte. Quand arriva l'heure du cours de gymnastique, cet après-midi là, elles avaient les jambes fatiguées. Anna, leur professeur, s'en aperçut.

On était jeudi, en fin d'après-midi. Les filles s'asseyaient dans l'aire de jeux, elles attendaient que la Madre apparaisse. Une brise légère avait amené un doux parfum, elle s'était approchée des enfants assises pour les effleurer une à une au passage. Teresa se sentait un peu plus fatiguée que d'habitude. Elle jeta un coup d'œil sur le côté et vit bâiller Tibia. Bon, elle n'était pas seule, elle se sentit déjà mieux.

Bientôt, la silhouette blanche et souple de la Madre entra dans la cour. Elle s'assit dans la grande chaise. Teresa observait les pieds de la chaise, les brins d'osier qui s'enroulaient en spirale jusqu'à… Teresa venait d'attirer l'œil de la Madre. Elle ne l'avait pas fait exprès. C'était un accident, c'est les pieds de la chaise qu'elle regardait. Trop tard. En un éclair, dans l'esprit de Teresa, l'image des deux filles penchées au-dessus du mur de pierres s'était imposée. De même celle des champs et les fleurs qu'elle avait vus par dessus la porte. Teresa essaya bien de chasser au plus vite ces images coupables, mais elles lui revenaient à l'esprit sans qu'elle puisse s'en défaire. Elles se faufilaient comme des salamandres. Teresa revint à elle, elle vit que la Madre avait commencé à aborder un thème. Peut-être n'étaient-elles pas connectées après tout. Ce n'était qu'un effet de son imagination débordante, la Madre ne regardait même pas dans sa direction. Elle regardait devant elle, pas vers Teresa.

Ses paroles atteignirent Teresa, la tirant de sa rêverie.

«Tout cela vous concerne, mes chères. Tout commence et s'arrête avec vous. C'est une chose que vous devez apprendre. C'est quelque chose que vous devriez goûter par vous-même. Vous venez toutes d'endroits différents. On n'y voit pas le monde comme nous, ici au Foyer pour filles du Safran. »

C'était la première fois que Teresa entendait la Madre faire référence à l'orphelinat en utilisant son nom officiel. Dans sa bouche, avec son accent à la texture étrange et douce, ça résonnait un peu différemment. Teresa songea : si l'argent était une langue et non un métal, c'est à ça qu'il ressemblerait. Puis, il lui sembla entendre un clic dans son oreille, comme si on avait claqué des doigts tout près d'elle. Aussitôt, elle fut attentive aux paroles qu'allait prononcer la Madre.

«Dans tout ce que nous faisons, nous avons besoin d'être consentantes. Nous ne pouvons pas aller contre nous-mêmes. La discipline et l'obéissance renforcent notre moi, ce ne sont ni des tests ni des ordres. Ce sont les premiers fondements à partir desquels nous apprenons quelque chose de beaucoup plus fort, de plus durable et qui nous accompagne pour toujours. Mais avant tout, c'est à nous-mêmes que nous devons donner notre consentement. Si nous ne commençons pas par réaliser de petites choses, comment avancerons-nous pour atteindre les objectifs plus importants ? Nous travaillons d'abord sur les petites choses. Et vous devriez en faire autant, parce que vous êtes petites. » La Madre sourit chaleureusement et joignit les mains. Ses yeux semblaient étinceler de concert avec la lumière du soleil couchant.

La Madre s'arrêta et contempla l'ensemble des visages jeunes et attentifs avant de poursuivre. «Comme je vous le disais, tout ce qu'on fait, on doit le faire avec consentement. Cela doit venir de vous, c'est votre voix sacrée. Cependant, souvenez-vous que le sacré ne se trouve pas seulement dans la petite voix calme qui chante en vous. Il est aussi dans toutes les voix, tous les silences et tous les espaces intermédiaires. Cherchez-le et cherchez bien. »
Les yeux de Teresa s'écarquillèrent de reconnaissance et son cœur se mit à battre rapidement.

Le reste de la soirée, Teresa fut incapable de sortir de sa tête les deux derniers mots prononcés par la Madre : cherchez bien. C'était comme si ces mots jouaient avec elle, ils découpaient leurs lettres dans son petit crâne. Était-ce là ce que la Madre voulait dire lorsqu'elle nous a encouragées à écouter notre voix intérieure? Teresa se débattait, elle luttait contre un sentiment d'inévitable. Il y avait quelque chose qu'elle ne pouvait s'empêcher de faire.

Plus tard dans la soirée, après le dîner dans la grande salle, Teresa s'était esquivée hors du bâtiment principal en direction des salles de bain. Elle se glissa silencieusement sur le côté du grand édifice de pierre vers l'endroit où elle trouverait le puits de pierre. *Cherche bien* répétait en elle la voix étrange. Le soleil avait plongé derrière l'horizon et pourtant une douce lumière orangée flottait encore dans le ciel. Teresa s'avança légèrement vers la margelle du puits et se haussa pour regarder au fond. Elle ne savait à quoi s'attendre… une odeur d'eau moisie? Une voix venue d'en bas? Le jaillissement d'un grand serpent poisson à la mâchoire ornée de minuscules dents pointues?

Non, rien de tout cela. Tout ce qu'elle pouvait voir, c'était un grillage métallique placé au-dessus de l'ouverture du puits. Seules de minuscules grenouilles auraient pu tomber à travers un maillage aussi serré; mais pas une petit fille, non. Une secousse. Teresa sentit une secousse quand deux mains se posèrent sur ses épaules pour l'écarter doucement du mur. Elle n'avait entendu aucun bruit, si ce n'est le souffle de sa respiration. Mais, elle savait qui était là. Elle reconnaissait le doux parfum.

Les mains de la Madre passèrent des épaules de Teresa à ses longs cheveux bruns. Elles rassemblèrent toute la chevelure et Teresa sentit qu'une des mains s'éloignait pour chercher quelque chose avant de revenir. Ses cheveux étaient noués en queue de cheval. Finalement, obéissant à une légère invitation des mains, Teresa se retourna pour faire face à la Madre. Elle s'attendait à lire de la colère ou du moins de la déception sur ce visage. Mais non,

il apparaissait calme et plein de curiosité Un peu amusé, même
se dit Teresa.

«Les jeunes filles ne devraient pas tomber dans des puits.
Ils sont trop sombres et trop profonds. Les champs de fleurs sont
loin, eux aussi. Commence par de petites choses, Teresa. Rappelle-toi que tu as bien le temps. Va te coucher maintenant. »
Teresa ne dit rien. Sa langue était restée attachée à l'un de
ces moments de silence engourdis.

Avant de se coucher, Teresa défit ses cheveux. Elle regarda
ce qu'elle avait dans les mains. C'était un mouchoir blanc. Elle le
porta à son nez pour sentir les fleurs loin de leurs champs et son
esprit flotta dans la verdure et dans un kaléidoscope de couleurs
parfumées. Elle rangea le mouchoir dans le tiroir de sa table de
nuit jusqu'au matin. Teresa se glissa sous les draps. Le cœur en
paix, elle réussit à saisir la douce main du sommeil.

CHAPITRE HUIT

~ Les fleurs sont l'expression spontanée du sacré ~

Tibia fut la première à remarquer le mouchoir blanc. Le lendemain, elle avait trouvé dans le regard de Teresa quelque chose de différent. Les cheveux tirés en arrière, la jeune Teresa paraissait plus âgée. Ou peut-être ses yeux prenaient-ils maintenant plus d'importance ? On les voyait immédiatement avant de détailler d'autres traits. Et puis, il y avait autre chose, un je-ne-sais-quoi que Tibia n'aurait su nommer. Pourtant, lorsqu'elle vit sa jeune amie bouger et se redresser, elle constata que, oui, c'était bien là. Peut-être Teresa l'avait-elle remarqué, elle aussi. Elle n'en dit rien.

Comme promis, la Madre avait créé un nouveau jeu pour les jeunes filles - un jeu de cartes qui portait sur les fleurs. On avait dessiné sur des cartes de nombreuses variétés de fleurs, avec leurs noms et leurs caractéristiques. Il existait deux exemplaires de chaque carte. Les jeunes filles s'asseyaient en cercle, chacune plaçait une carte au milieu. Puis, tour à tour, elles prenaient une carte au milieu du paquet et y déposaient une autre carte. Le jeu consistait à collecter les paires de fleurs ou à rassembler des familles de même couleur. Les jeunes filles se familiarisaient ainsi avec toutes les variétés de fleurs, des champs et d'ailleurs. Le « joker », c'était la seule fleur qui n'existait pas dans la nature. Il fallait commencer par la trouver. C'est Abigail, une fillette de sept ans, qui l'aperçut la première…

« C'est la rose bleue! », avait-elle triomphé et s'emparant de la carte pour la serrer contre sa poitrine. Ses longs cheveux blonds se balançaient souplement comme des tiges de blé tandis qu'elle se sauvait avec la carte pour faire valider son succès.

Et c'était vrai, dans la nature, aucune rose ne peut produire un pigment bleu. La rose bleue pouvait désormais remplacer n'importe quelle autre fleur au gré des joueurs. Cette carte, la plus importante du paquet, était le Crocus Sativus, la fleur de safran. Il y en avait trois dans le paquet. Celui qui parvenait à collecter les trois cartes originales gagnait la partie. Et aucune carte d'un rose bleuté ne pouvait la remplacer.

Les jeunes filles jouaient au jeu de cartes des fleurs chaque jour après les cours du matin, quand leur esprit s'ouvrait à l'énergie d'enthousiasme qui était née entre elles. Teresa, Tibia, Alicia et Abigail devinrent de bonnes amies. Cependant, Tibia et Teresa étaient plus proches, car elles avaient le même âge.

Tous les mardis et tous les jeudis après-midi, la Madre venait sur le terrain de jeu parler aux jeunes filles après le cours de gymnastique. Ces activités en harmonie touchaient à la fois leur corps et leur esprit juvéniles pour ouvrir de nouveaux chemins.

Leur énergie trépidante et leur curiosité étaient ainsi canalisées vers des formes plus faciles à assimiler. Le monde s'ouvrait à elles de manière plus subtile, pour que leurs jeunes esprits puissent le comprendre et l'aborder sans l'emballement ou la dureté qui caractérisent habituellement les institutions à qui on confie les jeunes années d'une vie humaine.

Quand arriva le jeudi soir - c'était devenu une coutume chez les jeunes filles - elles attendaient avec impatience que la silhouette de la Madre s'encadre dans la porte en bois qui menait à la cour de récréation. Certaines guettaient surtout son sourire tandis que la Madre promenait lentement son regard sur le groupe. Chacune des filles avait l'impression que ce regard lui était personnellement destiné, comme un moment intime de connexion. De leurs yeux vifs, les enfants guettaient avec impatience la preuve évidente de ce lien à travers un signe de reconnaissance, un sourire. Mais pas Teresa. Souvent, elle tournait la tête légèrement de côté pour éviter ce contact qu'elle trouvait trop direct. Pour Teresa, la Madre était toujours présente, comme une poussière invisible dans la lumière. Le monde du tangible est nécessaire pour ceux qui tirent leurs bénéfices du tangible.

La Madre s'assit avec soin et lissa les plis de sa robe blanche comme le ferait une brise calme sur la mer. Son thème du jour portait sur l'effort individuel. Les enfants saisirent au vol les paroles de la Madre et les reçurent comme autant de cadeaux personnels. Teresa écouta les mots se poser sur le bord externe de ses oreilles avant d'y pénétrer.

« L'effort que vous faites au niveau individuel ne restera pas à ce simple niveau. Il va se répandre, il va s'étendre! La Madre ouvrit grand les bras comme pour attraper la lumière du soleil. «Il va se répandre et aider tous ceux qui vous entourent. Ne sous-estimez jamais le potentiel de chaque personne, de chacune d'entre vous. En tant qu'individu, l'autodiscipline vous est indispensable. Elle vous permet de vous libérer de la discipline que les autres vous imposent dans la vie. Alors, nous pouvons partager cette liberté avec ceux qui nous entourent, qui en ont aussi besoin. L'autodiscipline suprême revient à un abandon sincère. Tout comme les fleurs qui se rendent à la Nature, elles se plient au vent et se donnent aux insectes. »

La Madre fouilla dans un pli de son chemisier et en sortit la plus belle des fleurs. Les yeux de Teresa s'illuminèrent devant cette jolie fleur pourpre dont le cœur reflétait des éclats de jaune et de rouge. Elle la reconnut immédiatement. Elle l'avait vue dans le jeu de cartes. C'était le « crocus sativus » - la fleur de safran. La Madre sourit en sentant une vague de reconnaissance parcourir les jeunes visages attentifs.

«Toute chose a sa nature propre. On peut la découvrir pour ce qu'elle est vraiment, comme cette fleur. Les fleurs sont l'expression spontanée du sacré. Le safran répond à notre imagination créatrice, il s'imprègne de nos pensées fantastiques. La fleur de safran nous transmet son charme, sa prière par delà les mots. Son silence porte un discours particulier. »

Il ne s'échappa de la bouche des filles qu'un silence qui les amena à communier au delà des mots. Mais en chacune des enfants, un autre bourgeon commençait à s'ouvrir, à se réveiller et à se développer.

CHAPITRE NEUF

*~ Nous portons en nous l'oubli profond, dans nos corps,
dans nos souvenirs, tout comme la terre le porte dans
ses minéraux et ses pierres ~*

La terre est fraîche et accueillante. Elle se répand sur le corps de Teresa comme un nouveau vêtement qui ferait connaissance avec son propriétaire. Pourtant, elle est plus lourde que le tissu, plus dense que le coton et ses fibres sont vivantes. Teresa remue légèrement les doigts. La terre vient combler l'espace qui les sépare. Le sol ne se retire pas. Il appuie contre sa poitrine juvénile, assez fort pour faire sentir sa présence, mais pas assez pour créer de l'inconfort. Elle sait qu'elle doit considérer le sol, la terre, comme son amie… comme son tuteur. Inutile de lutter. On répand encore un peu de terre sur son visage, puis elle reste complètement seule dans l'obscurité.

La Terre respire au rythme de sa respiration. Rien ne les sépare. Elles sont comme des compagnes. La peau de son corps baigne dans la terre fraîche. Les yeux fermés… ressentir… sentir… se souvenir…

… Il y avait eu cette nuit où Teresa n'avait pas pu dormir, elle s'était faufilée sans bruit hors du dortoir pour entrer dans la nuit d'été étoilée. Allongée dans l'herbe, elle avait contemplé le drapé que les traînées nuageuses accrochaient à la voûte du ciel. C'était comme un rideau tendu sur l'univers. Au moindre geste, tout pouvait disparaître. Pour elle, cette partie du ciel contenait le monde entier. Il ne contenait pourtant que son propre monde. Longtemps, elle avait contemplé le ciel étoilé, elle aurait aimé passer dans un autre ciel, un autre monde, un ailleurs…

… Mais elle n'en avait pas la force. Teresa était restée immobile, prisonnière de cette tranche de vie figée… comme un insecte incrusté dans une pierre précieuse…

La terre molle commençait maintenant à sentir sa présence. Elle envoyait dans son corps quelques ondes de chaleur. Elles étaient reliées, dans l'intimité du toucher, terre nue contre peau. Un flot de souvenirs lui arrivait. Le temps évoluait à rebours, il parcourait les capillaires de ses sensations et de ses secrets, il explorait en elle les plus infimes recoins où personne ne se hasardait, même pas elle.

Et pourtant, il y avait là de moins en moins d'elle-même… Il y avait quelque chose… qui était tout, le sang, les tissus, les cellules, les os, les muscles… Toutes les étincelles électriques qui scintillaient en même temps à travers son corps comme autant de phares, de niches de lumières…

… Tant de choses à se rappeler, à accepter et à abandonner…

A la fin du dernier cours de la matinée, Teresa était assise sur un banc dans le couloir. Son agitation avait perturbé les élèves. Elle ne pouvait plus étudier ni s'empêcher de distraire les amies autour d'elle. On l'avait mise à la porte pour qu'elle ne puisse plus désormais déranger qu'elle-même. Le couloir en briques peintes était haut de plafond. De petites arches en demi-cercle apparaissaient sur le toit du couloir, évoquant une colonne vertébrale et ses ondulations. Tout en haut, un morceau de plâtre se décollait, donnant l'impression d'une peau sèche qui se détache du corps. Teresa avait l'impression que le vieux bâtiment l'observait. Elle ferma les yeux et inspira profondément, prenant le temps de se faufiler dans les zones ombragées. Si Teresa s'était imaginée un endroit où se retrouver une fois devenue plus grande, ce ne serait absolument pas là. Elle frotta le sol des pieds en même temps qu'elle tapotait le banc. Une grande la dépassa sans rien dire.

« Très bien », pensa Teresa, « de toute façon, tu ne comprends pas mon monde. »

Un couple de fourmis se bagarrait pour quelque miette. Dans leur bataille féroce, Teresa observait devant elle ce monde en miniature. Cependant, elle savait que pour ces deux fourmis, il s'agissait d'une lutte à taille humaine.
« Tu n'existes pas pour elles », dit une voix inattendue.

Teresa leva les yeux vers le visage de la Madre, et pendant une fraction de seconde, elle crut se regarder elle-même.

« Oui. » La voix de Teresa sortit comme un léger murmure, presque un sifflement.

« Tu es trop loin d'elles pour qu'elles fassent attention à toi. Tu ne comprends pas leur monde tout comme elles ne comprennent pas non plus le nôtre. Et pourtant, comme tu peux le constater, nos deux mondes sont si proches l'un de l'autre. Seule une longueur de main nous sépare. Et pourtant, en termes de perception, tu es invisible pour elles. »

Teresa regarda une fois de plus les fourmis en train de lutter et sourit à cette pensée.

« Oui, être invisible, je savais que tu aimerais ça. » La Madre fit signe à Teresa de la suivre tandis qu'elle s'éloignait dans le couloir. Ensemble, elles sortirent dans une petite cour où une fontaine en pierre bouillonnait et éclaboussait. Elles s'assirent à l'ombre. Teresa se mit à balancer les jambes.

Teresa se souvint avoir regardé ses pieds ballants tandis que la Madre lui parlait de patience. Elle pensait que si elle mémorisait l'image de ses pieds qui se balançaient, elle se souviendrait toujours de ce que la Madre était en train de dire à ce moment-là. Par ce jeu qu'elle avait créé, elle mettait en correspondance l'image avec des mots. Et ça marchait.

Teresa laissa la patience s'installer dans son corps tandis qu'elle imaginait dans son esprit l'image de ses petits pieds qui se balançaient. Puis son corps se calma peu à peu et son esprit s'apaisa, s'éloignant des pensées agitées qui le vrillaient comme des vers. Autour d'elle, la terre se réchauffait maintenant, elle devenait comme une couverture ou, comme le pensait Teresa, comme un manteau la nuit. Sa respiration se détendit et sembla la bercer comme si elle souhaitait que davantage de souvenirs lui reviennent.

… A onze ans, Teresa connaissait presque tout le grand orphelinat de pierre, à l'intérieur comme à l'extérieur. Sauf les dortoirs où dormaient les grandes et les pièces où elles cultivaient les fleurs de safran. Elle regardait les autres filles ramener les fleurs dans leurs paniers tressés. Au moment des récoltes, il y avait une nouvelle cueillette chaque jour, et leur parfum flottait dans l'air comme une poussière embaumée.

Tibia remarqua que sa meilleure amie avait l'air pensif. Teresa laissait pousser ses longs cheveux bruns. Attachés en arrière à l'aide de son mouchoir préféré, ils donnaient parfois l'impression qu'elle fronçait les sourcils.

« Tu as l'air renfrognée, dis-donc? »

Teresa se tourna vers son amie et lui tira la langue.

« Tu es encore plus moche quand tu fais ça! » s'esclaffa Tibia.

« Fiche moi la paix. » Répliqua Teresa. Elle sourit un peu, elle aussi, et il lui fallut toute sa volonté pour ne pas rire.

« Un sou pour connaître tes pensées? »

« Tu n'as pas le sou ! »

Tibia haussa les épaules. « De toute façon, je ne crois pas que tu aies des idées intéressantes à vendre. »

« Ouais, eh bien, je ne vends rien. » Teresa fit une pause. « Mais je partage gratuitement! »

Les deux filles sortirent par l'une des portes latérales et descendirent l'allée du bâtiment principal. A onze ans, elles avaient maintenant le droit d'explorer davantage de terrain. Elles ne savaient pas jusqu'où s'étendait le domaine de l'orphelinat, mais elles savaient qu'elles pouvaient marcher aussi loin que portait leur regard sans pour autant quitter le site. Teresa et Tibia empruntèrent un chemin qui serpentait le long d'une haie qui menait à un bosquet abrité. Elles aimaient s'y retrouver pour bavarder. Elles avaient fabriqué des sièges en rondins de bois jetés bout à bout. En marchant, elles sentirent que l'air était lourd et humide. En atteignant le bosquet, elles transpiraient. Elles savaient qu'une tempête s'annonçait - une bouffée d'air qui envahirait l'atmosphère et rafraîchirait les cieux plombés.

Bientôt, de lourds nuages se refermèrent sur elles et un grondement traversa les champs. Les deux filles s'assirent sur leurs sièges en rondins. Elles attendaient que les gouttes de pluie commencent à tomber.

Tibia agitait les pieds tout en passant les doigts dans ses courts cheveux auburn. Elle avait toujours préféré les cheveux courts, tandis que Teresa les portait longs et raides. Elles étaient aussi différentes que possible, myrtille et framboise, comme elles disaient.

« A ton avis, qu'est-ce qu'elle veut dire, la Madre quand elle affirme que nous avons toutes le sacré en nous? »

Teresa cassa une brindille entre ses doigts. Le ciel s'était fissuré et la pluie commençait à tomber à grosses gouttes. «Elle dit que nous sommes toutes des expressions du sacré. Et que nous avons la responsabilité de l'exprimer.

Tibia fit une grimace. 'Bien. Mais comment? Elle ne nous a pas donné de mode d'emploi !

Les deux filles se mirent à rire. Tibia tendit la main et attrapa la longue queue de cheval de Teresa. Elle caressa la longue mèche de cheveux, plus foncée que la sienne.

« Tu as les cheveux comme du crin de cheval! »

« C'est mieux que d'être coiffée comme un garçon! »

Tandis qu'elles rigolaient, Tibia regarda de nouveau le mouchoir blanc qui nouait les cheveux de Teresa.

« Tu ne m'as jamais dit d'où venait ce mouchoir ... »

Teresa fit une pause. « C'est une expression du sacré ...

comme celle-là! » Teresa sauta du tabouret et se précipita sous l'averse. Elle leva les mains et se mit à tourner. Une fille tournoyant sous la pluie.

Tibia courut la rejoindre. Deux filles tournoyaient sous la pluie. Elles fermaient les yeux, laissant la pluie tomber sur elles, mouiller leurs visages et courir le long de leur dos. Leurs vêtements qui leur collaient à la peau contrastaient avec leurs bras tendus vers le ciel…

… Teresa sentait l'humidité sur son visage et un sentiment de liberté, de joie et de sacré… elle s'en souviendrait…

… Et elle s'en souvenait encore maintenant que son visage et son corps étaient recouverts non plus de pluie mais de terre. Elle se souvenait de tout - des sensations, des sentiments, du contact avec l'espace sacré. A présent, ces souvenirs étaient absorbés à la fois par elle-même et par les profondeurs de la terre. Teresa faisait corps avec la planète. Elle se souvenait aussi des paroles de la Madre… Tout prend du temps, telle est la nature des choses… il faut du temps pour créer, du temps pour que les choses arrivent.

Du temps, plus de temps… un temps terrestre… pour entrer en soi… y entrer davantage…

Teresa était à présent intimement reliée aux mots de la Madre, et ces mots s'attardaient aussi dans la terre, comme si, avec les microbes du sol, elle était porteuse de signes, d'un langage détrempé. Entrer en soi est un aspect du féminin… s'en nourrir comme la terre nourrit ses êtres vivants… aller vers l'extérieur est un signe du monde, aller à l'intérieur est la marque de l'âme…

À douze ans, Teresa fut surprise en train de voler une bouteille de jus de fruits dans les provisions de Madame Celia. La vieille dame distinguée aux cheveux roux, était entrée dans la réserve au moment précis où la main de Teresa ouvrait la bouteille pour la porter à ses lèvres.

« Si tu as soif, pourquoi ne pas le demander simplement? »

Question logique, que Madame Celia lui répéta à plusieurs reprises. Mais Teresa était bien incapable d'y apporter une réponse logique. Elle n›avait pas voulu demander. Elle n›avait pas vraiment soif, non, elle voulait seulement savoir si elle pouvait le faire. Chiche? Chiche ! Mais les conséquences allaient suivre...

La Madre avait regardé Teresa avec un parfait détachement, comme si tout cela était sans importance.

«Il existe un vieil adage qui pourrait s'appliquer dans cette situation - Prends ce que tu veux, dit Dieu, mais paye-le!

Teresa avait écouté sans broncher. Le dos courbé, les mains dans la terre, elle ronchonna : *planter tout un jardin pour une gorgée de jus de fruit...*

« Apparemment, on peut trouver que les choses ne sont pas justes ni équitables », poursuivit la Madre installée sur un banc voisin, « mais tout trouve son équilibre. Des éléments qui peuvent paraître contradictoires travaillent souvent ensemble, comme le soleil et la pluie, la lumière et l'obscurité. Rappelle-toi ceci, petite Teresa - tout nous vient de l'obscurité. Tout est né de l'obscurité, c'est pourquoi ce mot est féminin. C'est dans l'obscurité que l'on trouve les voies cachées de la création. Laisse tes mains y participer !

Teresa n'était pas impressionnée, mais elle prenait bonne note. D'ailleurs, elle écoutait toujours quand la Madre parlait. D'une manière ou d'une autre, toutes deux le savaient.

Plus tard dans la journée, après qu'elle eut fini de jardiner et de s'être lavée, Teresa descendit discrètement jusqu'au petit ruisseau qui passait à l'arrière de l'orphelinat. Elle s'installa les yeux fermés pour écouter les sons. Elle reconnut des notes de jaunes, des nuances de bleu, le tintement de la lumière qui se reflétait dans l'eau et les sons de petits tourbillons qui tournoyaient, comme deux jeunes filles mouillées. Dans son cœur, elle désirait ardemment avancer.

L'image de la Madre entra dans le flux de ses pensées, comme si elle entrait dans le courant de la rivière. *La vie nous est donnée pour une certaine tâche. Il nous revient de la découvrir, de l'accepter et de la mener à bien.*

Un jour Teresa avait demandé à la Madre. «Pourquoi est-ce que je dois porter un pareil fardeau ?»

« Ne sois pas égoïste, ne sois pas naïve, avait répondu la vieille dame. « Il n'y a pas que toi. Seuls ceux qui assument cette tâche trouveront leur *fardeau* plus léger. Le poids de l'ignorance est tellement plus lourd. Maintenant, ne sois pas égoïste. Tu n'es pas venue ici pour ça. Personne ici n'est venu pour ça. »

Cette pensée en tête, Teresa prit un caillou et le jeta dans le ruisseau. « Celui-ci, c'est pour mon erreur d'être naïve et égoïste ». Puis elle en ramassa un autre. « Et celui-là, c'est pour le jus de fruit », dit-elle doucement en le jetant dans le ruisseau.

Teresa ramassait des cailloux un à un pour les jeter dans le ruisseau dès qu'une de ses erreurs passées lui revenait à l'esprit. Quand le soleil commença à baisser, Teresa avait atteint un espace de silence. Elle se sentait vide maintenant, mais elle se sentait bien. C'est comme si, allez savoir pourquoi, le ruisseau avait quitté son lit pour traverser son jeune corps. Il avait emporté le limon qui s'était accumulé au fil des ans. Elle ressentait de la fraîcheur. Malgré la chaleur du jour, elle avait la chair de poule, elle avait des fourmillements.

Oui, elle se souvenait de tout maintenant… tout lui revenait…

La terre continuait à la caresser comme si elle était elle-même une petite graine, comme une de celles qu'elle avait plantées de ses mains. Si Teresa avait pu écouter sa propre vérité, elle aurait su qu'elle avait effectivement planté sa propre graine. Pourtant, alors qu'elle était allongée là, elle écoutait les paroles de la Madre…

… Nous portons en nous une profonde inconscience, dans nos corps, nos souvenirs, tout comme la terre la transporte dans ses minéraux et ses pierres. Une profonde inconscience demeure en nous, assoupie et pourtant vigilante, elle attend nos moments d'attention pour se réveiller un peu plus…

Peut-être était-ce la raison pour laquelle la Madre avait enseveli Teresa dans le sol, elle l'avait recouverte de terre.

Si Teresa avait pu imaginer où elle se trouverait quand elle serait plus grande, ce n'était pas ici. Quelques jours plus tôt, elle avait fêté son treizième anniversaire.

LA MADRE

*Vous n'êtes pas ici pour vous développer, mais pour vous déployer.
Vous contenez déjà l'essence; on ne la développe pas, mais on peut la
laisser se déployer et s'étendre de la manière la plus correcte
et la plus harmonieuse qui soit.*

CHAPITRE DIX

~ La transformation est contagieuse ~

Teresa avait désormais une nouvelle compréhension de sa mémoire. Ce n'était plus une image fixe qu'elle gardait en tête comme un album photo poussiéreux. Sa mémoire, avec tous les êtres qui lui étaient associés était comme un ruisseau qui coulait librement à travers son esprit et son corps. Chaque événement n'était plus une marque gravée dans la pierre, mais un doigt placé dans un courant d'eau. Le monde extérieur au Foyer du Safran lui semblait maintenant statique, rétréci, terne et empêtré dans ses propres pièges.

Teresa se tourna vers son amie Tibia et sourit. Tibia tendit la main et toucha le mouchoir blanc qui retenait les longs cheveux noirs de Teresa.

« A ton avis, sur quoi va porter le discours de la Madre aujourd'hui? »

« Je pense qu'elle va poser des questions. »

Tibia pouffa. «Toi qui aimes tant les questions, pourquoi

ne lui demandes-tu pas quel âge elle a ? »

Teresa haussa les épaules. « Un jour, peut être. »

Teresa avait terminé ses tâches matinales qui consistaient à aider les plus jeunes à nettoyer leur dortoir. Maintenant qu'elles étaient officiellement adolescentes, Teresa et ses amies avaient été déplacées de leur ancien dortoir vers une autre aile du grand bâtiment. Les nouveaux espaces de couchage étaient plus petits et Teresa partageait maintenant une chambre avec Tibia, Alicia et Abigail. Au fil des ans, leur amitié s'était renforcée autant que leurs personnalités s'étaient différenciées. Ce qui restait de leurs premières années dans leurs milieux sociaux respectifs commençait à se dissoudre. Les aspects auxquels elles avaient appris à se conformer, ceux qui avaient formé l'enveloppe extérieure de leur personnalité, n'étaient plus nourris ni entretenus. Ils s'étaient donc flétri comme une fleur privée d'eau.

Quand elle eut achevé ses tâches auprès des plus jeunes, Teresa sortit arroser les plantes. Le soleil était un peu plus frais maintenant que la saison approchait d'un autre zénith. Il y avait quelque chose d'essentiel pour Teresa dans le fait de mettre les mains dans la terre. Arroser les plantes ne lui suffisait pas; elle avait besoin de sentir la terre, la texture et la voix silencieuse du sol. Elle était l'une des rares à aimer le désherbage. Pourtant, pour Teresa, ces matinées étaient agréables. Elle prenait plaisir à cette routine du lever à l'aube, où elle aidait à préparer les petits déjeuners avec la rondelette Madame Pym, à encadrer les plus jeunes, puis elle sortait s'occuper des plates-bandes qui entouraient le grand orphelinat. Elle savait que cette routine constituait une sorte de discipline qui, au quotidien, reflétait sa discipline intérieure. Pour Teresa, l'ennui n'existait pas. Elle se souvint de l'incident où, un matin, tandis qu'elle s'acharnait à désherber un bout de jardin envahi par la végétation, la Madre était passée et s'était arrêtée pour la regarder. Le front couvert de sueur, Teresa avait levé les yeux pour la saluer, la Madre avait sourit : «C'est bon de voir une personne transpirer. »

Teresa savait très bien transpirer.

La classe de gymnastique avait changé. Plus jeunes, elles s'étaient familiarisées avec les mouvements qu'on leur demandait de reproduire. Maintenant, on demandait à leurs corps de se contorsionner autrement. Elles forçaient leurs corps à s'étirer selon des postures et des formes qu'aucune des filles n'avait connues auparavant. Leur professeure, la même Anna aux cheveux blonds et au visage maigre, instruisait les filles avec calme et patience. Elle parlait très peu en dehors de ses instructions. Les filles savaient qu'Anna avait maintenant vingt-quatre ans. Elles l'aimaient bien.

Après le cours, les filles se détendaient en attendant l'arrivée de la Madre. Si son apparition était attendue, ses mots ne l'étaient jamais.

La Madre avait toujours la même apparence. Dans la mémoire fluide de Teresa, il n'y avait pas de place pour une image figée dans la vieillesse. La Madre s'assit dans son fauteuil préféré puis posa les mains sur ses genoux et respira calmement. Quand elle leva les yeux pour observer devant elle ce rassemblement de visages juvéniles, une étincelle brillait dans ses yeux.

«Ce qui se passe individuellement dans votre corps affecte les autres corps. Ce qui se passe au dedans se diffuse au dehors. La transformation est contagieuse. Vous allez trouver que je parle beaucoup de contagion, mais c'est dans un sens positif !» La Madre s'autorisa un rire tranquille, comme si elle partageait une blague intérieure avec le vent qui faisait bruisser les branches. Elle se pencha et fit un clin d'œil aux filles. « Pourquoi sommes-nous ici? » Puis elle tourna légèrement la tête pour regarder directement Abigail. «Certaines d'entre nous ont en tête cette question précise », poursuivit-elle, «alors, je vous dis à toutes que nous sommes ici pour jouer à un jeu, bien sûr! Pas un jeu ancien, non, un jeu très spécifique, avec toute la volonté dont nous disposons. Il est important de savoir que nous sommes soutenus dans ce jeu par une grande quantité d'énergie. La plupart des gens ne soupçonnent pas que le jeu existe, c'est ça le plus triste. S'il n'y a pas de jeu, on ne joue pas. Pourtant, pour ceux qui sont au courant, la question est de savoir comment jouer. Ce n'est pas un jeu «normal», comme on peut s'en douter. C'est beaucoup plus précieux et grisant. Nous devons donc apprendre ce jeu et agir délibérément. Ce jeu là, nous l'appelons la vie. La vie est contagieuse et, comme je vous l'ai dit, la transformation est contagieuse. Pourtant, beaucoup de gens ont besoin d'un ingrédient spécial dans leur vie. »

La Madre joignit les mains et s'adossa à sa chaise.

« Maintenant, qui a une question ? »

Silence. Dans ce lieu de rassemblement, il y avait bien des questions en suspens dans les esprits, mais on les retenait. Teresa avança sa question jusqu'au premier plan où elle la déposa ; elle en chantait la mélodie, mais sans dire un mot. Elle savait que la Madre savait qu'elle savait. Teresa se concentrait sur les contours de sa question plutôt que sur sa forme littérale. Elle pressentait que les mots se perdaient souvent une fois émis, tandis que la forme d'une pensée demeurait intacte.

La Madre ferma les yeux un bref instant et hocha la tête.

«Oui, c'est très juste, le silence est souvent plus utile que les mots. Pourquoi je dis ça? Parce que le mot est limité – son sens est reçu par chacun avec une flexibilité limitée. Un esprit interprète les mots un peu différemment selon les antécédents et l'éducation de la personne, son cadre culturel. Si cette identité ne se dissout pas dans la personne, tout comme les feuilles mortes se dissolvent dans la terre, alors la rigidité des mots entre dans ce cadre. Avec le silence, c'est différent. Chaque esprit perçoit le silence comme une vibration. Son être intérieur l'interprète en fonction de l'état de la personne. Le sens et le message du silence peuvent être tellement plus riches que ceux des mots, et plus proches de la vérité. Le silence peut donner lieu à une expérience intérieure, une réalisation ou une épiphanie. Le silence doit pouvoir circuler librement dans une personne confiante. Il ne faut pas lutter contre le silence, ni le combattre. C'est peut-être pour cette raison que tant de gens trouvent le silence inconfortable. Pourtant, ici, nous cultivons l'art d'écouter le silence. C'est comme si on écoutait la fleur de safran quand une douce brise se déplace le long de ses pétales. C'est comme si on écoutait quelque chose d'extrêmement subtil. Obtenir un silence attentif est à la fois une compétence délicate, très pratique et très importante.»

Après une courte pause, Tibia fut la première à prendre la parole. «La Madre, à quoi ressemble un silence attentif? Comment peut-on y arriver?'

« Ma chère, c'est un mouvement intérieur subtil qui te permet d'être ouverte et réceptive afin de pouvoir recevoir tout ce qui doit l'être. C'est un espace où toutes les choses du monde extérieur ne s'agitent plus. C'est un espace à l'intérieur de soi qui est à la fois profondément immobile et actif en même temps. C'est un espace qui ne connaît pas de contradiction et où la flamme du savoir brûle aussi vive qu'un torrent. Chacun doit chercher et trouver cet espace en lui-même. »

Doucement, mais de manière intentionnelle, la Madre tapota des doigts sur ses genoux. Puis elle jeta un coup d'œil à Teresa qui sentit comme une flèche invisible lui entrer dans les yeux.

« Peut-être que votre question brûlante », poursuivit la Madre, « est de savoir quand commencer à cueillir les fleurs de safran, ce qui nous ramène joliment au jeu de la vie contagieuse et à son *ingrédient spécial*. C'est la nature de l'épice. Mais avant d'être prêts pour de telles choses, il nous faut apprendre l'art d'un jeu plus modeste : le jeu du bol de cristal. »

Les quatre jeunes amies s'assirent tranquillement dans leur chambre, elles voulaient être prêtes pour la fin de la journée. Elles se sentaient somnolentes, comme tous les soirs à l'heure de se glisser dans leur lit et de fermer les yeux. Chaque journée était un mélange de tâches professionnelles, d'exercices physiques et de leçons pédagogiques. Cependant, l'environnement offrait quelque chose de plus, quelque chose qui allait au-delà de ce qu'on peut voir, entendre, toucher ou ressentir. Chacune le savait, même sans savoir qu'elle le savait. Ou bien, les mots lui manquaient pour l'exprimer. Il n'est pas toujours nécessaire d'énoncer les choses, mais seulement de les reconnaître.

Alicia peignait les longs cheveux blonds d'Abigail. Elles avaient toutes deux les cheveux blonds, et ceux d'Alicia était coupés au niveau des épaules. Assise sur son lit, Teresa regardait cette pratique, qu'elle avait vue tant de fois. Tibia peignait souvent ses longs cheveux noirs après en avoir retiré le mouchoir blanc. Teresa aimait regarder le jeu de ses mains. Des doigts délicats qui bougent, s'entrecroisent, se touchent et se sentent. Abigail regarda Teresa.

«Encore dans tes pensées? »

« Je regarde passer le monde », répondit Teresa.

«Ça, je ne le crois pas ! Du moins pas le monde normal. » Abigail et Alicia rirent doucement. 'Ton monde est ailleurs. Je t'ai toujours connue comme ça. »

« Mmm. Il fallait bien que mon monde soit ailleurs. Je n'ai jamais eu le choix. '

«Tout le monde a le choix», coupa Alicia.

« Non. De vrais choix s'offrent à nous quelquefois, et on ne peut pas décider si on veut ou pas. Je pense que la vraie liberté vient de ne pas avoir le choix. »

' « Je ne comprends pas… »

Teresa sourit à son amie Alicia. Elle l'aimait comme elle aimait tous ses amis. Mais un jour, elle comprit qu'elle n'aurait d'autre choix que de s'éloigner d'elle aussi.

«Certaines choses doivent être faites parce qu'elles sont correctes. Il n'y a pas de choix en la matière, c'est comme ça. »

Tibia entra soudain dans la pièce, la brosse à dents dans la bouche. Elle marmonna des borborygmes incompréhensibles. Les trois autres la regardèrent avec curiosité. Tibia retira la brosse à dents de sa bouche et sourit.

« Je disais, êtes-vous prêtes pour la rencontre avec la Madre demain? »

CHAPITRE ONZE

~ La perfection ne nous intéresse pas.
C'est avec les faiblesses que nous travaillons ~

Les quatre filles étaient assises à l'extérieur de la chambre de la Madre, chacune dans son silence. Dortoir par dortoir, toutes les filles de leur âge avaient été appelées à faire la visite. Madame Aisha, secrétaire personnelle de la Madre, ouvrit la porte et fit signe aux filles d'entrer. C'était un matin d'automne, et une brume de lumière s'étendait sur le sol de pierre. Teresa inspira profondément en entrant, se rappelant qui elle était et où elle se trouvait. Le souvenir de sa première visite dans cette pièce à cinq ans était maintenant enfoui dans le sol et la poussière. Le moment présent était aussi frais et vivant que le baiser que la Nature déposait sur chaque brin d'herbe en chantant doucement sa chanson.

Les quatre filles s'assirent sur des chaises disposées autour d'une petite table en bois. Elles faisaient face à la Madre qui était assise de l'autre côté dans sa grande chaise rembourrée. Sur la petite table en bois il y avait une sorte de bol en cristal. Le couvercle était posé à côté. La Madre ouvrit les mains en un geste de bienvenue et leur adressa un sourire chaleureux.

«Mes chères filles, bientôt, vous allez récolter le safran; chacune de vous est une goutte d'épice.

Tibia, Alicia et Abigail pouffèrent de rire à l'unisson, comme chatouillées par une plume d'ange. Teresa resta silencieuse et regarda l'objet en cristal avec sérieux.

«Lors de la récolte de la saison prochaine, vous aurez toutes l'occasion, j'espère, de participer à la cueillette des épices. C'est un processus très délicat et il faut des mains sûres. » La Madre regarda lentement chacune des filles. « Et le cœur ferme aussi, car les mains ne sont que des prolongements du cœur. Et nos cœurs ne sont que des prolongements de l'épice qui traverse tout. Une cueilleuse de safran doit être à la fois subtile et sincère, comme si elle cherchait l'essence même d'une âme à naître. Alors… on commence?

La Madre tendit sa main fine pour ramasser avec grâce le couvercle en cristal et, d'un mouvement fluide, le posa sur le dessus du bol. D'un geste de la main, elle le prit et le reposa sur la table. «Nous y sommes, c'est aussi simple que cela. Qui veut essayer? »

Après une courte pause, Abigail tendit la main vers la table et saisit le couvercle en cristal. D'un mouvement lent, elle le plaça sur le bol. Dès qu'elle eut terminé, un tintement doux mais clair résonna dans les airs.

La Madre sourit. «Le bol de cristal chante. Il chante en réponse à votre propre vibration. Chacun de nous résonne à chaque instant, même si nous n'entendons pas notre propre chanson. » La Madre reposa le couvercle en cristal sur la table et fit un signe de tête à Alicia qui était assise à côté d'Abigail.

Alicia souleva le couvercle très doucement et le posa sur le bol. A nouveau, la vibration cristalline se fit entendre.

Alicia fit la moue. « Mais je le fais avec tant de soin. »

« Je sais, ma chère. Mais, c'est en toi qu'est ce son. Quand tu t'approches du couvercle, il faut le faire depuis ton espace intérieur de silence. Calme-toi avant d'entrer en contact avec le bol. »

Les quatre filles s'assirent en silence. C'était le tour de Tibia. Une minute plus tard, Tibia se pencha et fit le même geste. Et là encore le bol de cristal sonna. Tibia fit une grimace et se recula sur son siège. La Madre ramena silencieusement le couvercle en cristal sur la table. Puis vint le tour de Teresa. Avec une concentration extrême, Teresa prit soigneusement le couvercle et, avec autant de grâce que possible pour ses mains légères, elle le posa délicatement sur le bol en cristal.

Tout le monde écoutait.

Rien… puis un petit son leur parvint aux oreilles… la vibration de petits éclats de verre.

La Madre hocha la tête et lui adressa un petit sourire maternel. «Personne ne parvient au silence la première fois. Ne vous inquiétez pas. Vous avez toutes fait un excellent début. Nous ne recherchons pas la perfection; nous travaillons avec les faiblesses. Personne ne commence au point d'arrivée. C'est une destination, non un point de départ. Simplement, certains d'entre nous ont un meilleur départ dans ce domaine. » Un rayon de soleil se posa sur les yeux de la Madre et les fit briller. Ou peut-être était-ce un reflet du bol de cristal, le scintillement d'un éclat de verre qui saisit un rayon de lumière égaré pour le renvoyer.

Quelque chose de magique imprégnait la pièce, comme la fragrance d'une fleur soufflée par le vent ou le parfum d'un inconnu de passage. Teresa ferma à demi les yeux pour sentir cet *entre deux*, cette frontière éphémère qui s'estompe entre une réalité et une autre. Tandis que Teresa relâchait sa concentration et détendait son esprit, une danse vibratoire de couleurs balayait sa vision. La Madre n'était plus cette vieille dame assise dans le fauteuil en face d'elle. Elle devenait comme un voile que Teresa décrivait comme une pulsation d'énergie, au rayonnement bleuté. Teresa commença à se sentir étourdie tandis qu'elle tentait de regarder sans se focaliser. Alors elle ferma les yeux et entra en elle-même. Elle fit un pas dans sa patrie intérieure, où elle savait qu'elle trouverait un espace de silence. Un sens intérieur lui faisait entendre les faibles carillons de cristal comme une voix qui chuchote. Puis elle entendit à nouveau des voix.

Quand Teresa ouvrit les yeux, elle vit que la Madre était en train d'écouter la question d'une autre fille. Cependant, Teresa n'arrivait pas à se concentrer pleinement sur les mots ni à trouver un sens intelligibles à ces sonorités. Avec un mouvement de tête soudain, La Madre jeta un regard rapide vers Teresa. Celle-ci sentit une pointe d'énergie l'envahir qui fit se dresser son corps.

La Madre toussa avant de prendre la parole. «Les cueilleuses de safran doivent travailler non seulement avec leurs mains, mais aussi avec leur présence… avec leur essence personnelle. Leurs mains doivent être fermes, stables et douces en même temps. Et leur présence devrait être silencieuse, comme si elle était absorbée par un bain d'énergie fraîche. Si nous produisons un son, nous l'imprimons sur la qualité du safran et nous le polluons un peu. Notre rôle, en tant que cueilleur de safran, consiste à canaliser autre chose que nous dans le processus de conquête de l'épice. L'épice est alors un support pour un ingrédient spécial qui peut être mélangé aux délicieux plats du monde. Cependant, nous devons travailler avec le safran comme s'il était transparent, vide… comme un vase de cristal. Et nous devons veiller à ne pas imprimer nos propres sons dans l'essence de l'épice. »

La Madre souleva le couvercle du bol en cristal et le posa sur la table. Sans attendre, elle le remit rapidement sur le bol. Elle attendit, dans le silence. Seul un chant d'oiseau vint égayer la pièce. La Madre réitéra le processus plusieurs fois, chaque fois plus vite. Ses mains bougeaient comme des fils gracieux tissant une tapisserie invisible dans les airs autour d'elle. Le temps était suspendu dans un silence sans faille.

«Vous y arriverez », dit finalement la Madre, en posant doucement ses mains sur ses genoux. «Mais avant, d'autres choses vous attendent. La prochaine plantation aura lieu au printemps. » La Madre tourna la tête sur le côté. Teresa remarqua à quel point ses oreilles étaient délicates, comme des sculptures qu'on aurait ajouté à la tête.

CHAPITRE DOUZE

~ Dès qu'une personne cesse d'avancer,
elle commence à faire marche arrière ~

Malgré son âge, Madame Celia continuait à se teindre les cheveux en rouge. Parfois, des racines grises transparaissent et commençaient à s'étendre, comme pour défier la couleur. Cependant, les cheveux de Madame Celia étaient toujours parfaitement ordonnés, à l'image de sa remise. Teresa avait noué de bonnes relations avec Madame Celia, celle qui lui avait reproché autrefois le vol de jus de fruit. Il semblait parfois que des événements se produisaient pour des raisons autres que celles qu'on aurait pu supposer. Ou, comme disait Madame Celia, « tout peut servir de catalyseur à quelque chose d'autre, quoi que ce puisse être ! »

L'une des responsabilités de Teresa consistait à travailler dans le magasin de fournitures, à gérer les commandes, à gérer les stocks et, essentiellement, à contrôler les entrées et les sorties. Teresa était douée pour ça, car elle avait une excellente mémoire de l'endroit où on rangeait les choses, de l'état du stock ou de ce qui était nécessaire. Madame Celia était une femme pratique, grande et mince. Si on la regardait un peu longuement, on pouvait la trouver sévère, avec son visage maigre. Mais Teresa n'était pas du genre à dévisager. D'ailleurs, elle avait vite compris que Madame Celia avait un sens de l'humour très vif.

Teresa s'affairait dans l'une des réserves à vérifier les objets sur son bloc quand elle entendit marmonner derrière elle. Elle se retourna pour voir Madame Celia secouer la tête et ronchonner comme si elle était seule.

«Les filles, vous utilisez plus de papier toilette que de pain. Comment ça se fait ? »

«Nous avons des priorités plus élevées que la faim...» Teresa eut un sourire.

« Je suppose que les besoins corporels, c'est ce dont le corps a besoin. » Madame Celia feuilletait l'un de ses registres comme si elle travaillait. Mais Teresa avait compris plus que cela, alors elle ouvrit les oreilles toutes grandes. « Et ce dont on a besoin dans la vie aujourd'hui, c'est davantage de féminité ... si on veut être préparé au vrai changement à venir. » Madame Celia fit claquer sa langue et continua à tourner les pages sans lever les yeux. « Je suppose qu'il y a danger », poursuivit-elle, « quand le monde extérieur se contente de se refléter lui-même, qu'il développe les mauvaises choses sans révéler ce qui se trouve au-delà. A l'extérieur, tout est tellement masculin et lourd... il faut un peu de féminité... » Madame Celia se recroquevilla. «Nous devons ramener des choses de l'invisible au visible, de la non-activité à l'activité.» Finalement, Madame Celia releva la tête et regarda devant elle, mais pas directement vers Teresa. Non, c'était comme si elle se parlait à elle-même, bien qu'elle sache que Teresa était dans la pièce. «Quand on rend les choses actives, elles deviennent vivantes dans le monde. Quand le féminin intervient, quelque chose de spécial pénètre dans le cœur. Tout d'abord, il peut détruire avant de reconstruire. Alors la douceur peut avoir raison de la difficulté; le subtil peut transformer le grossier. La lumière à l'intérieur de l'un réveille la lumière à l'intérieur de l'autre . C'est la transmission. Teresa!

L'attention de Teresa s'accrut quand Madame Celia se retourna pour la regarder directement.

« Oui? »

«Commande encore du papier toilette. On ne peut pas laisser ces dames dans l'embarras ! Du pain aussi, si tu veux bien…

» La vieille dame se retourna et sortit de la pièce. Tout était dit.

Cependant, Teresa avait eu des oreilles pour entendre. Elle passa le reste de la matinée, à s'acquitter de sa responsabilité quant aux stocks.

Il fallait absolument faire le plein de provisions pour les mois à venir. L'automne s'estompait et les frimas de l'hiver se rapprochaient de plus en plus. Teresa se souvenait très bien des hivers. Elle connaissait la neige depuis son plus jeune âge, mais il n'en tombait pas au Foyer du Safran. Le sol durcissait avec le gel puis se radoucissait avec la pluie; les vents soufflaient autour des hauts murs et des recoins du vieux bâtiment. Mais la neige ne tombait pas. C'est l'humidité qui était gênante. On aurait dit qu'une main humide traversait la peau pour se refermer sur les os. En hiver, il était d'autant plus important de faire de la gymnastique, ne serait-ce que pour garder au chaud le corps et tout ce qui se passe en lui.

Teresa cocha les rubriques dans le carnet de commandes. Outre le papier hygiénique et le pain, elle nota qu'on cueille le plus possible de citrons dans les arbres. C'est important en hiver, les citrons.

Il y avait des endroits dans le grand orphelinat où Teresa aimait se promener seule. Si les journées étaient bien remplies à force de tâches et d'activités diverses, on pouvait toujours trouver un peu de temps pour soi-même. Il y avait les corvées du matin, comme la préparation du petit-déjeuner, puis la classe jusqu'à midi où quelques grandes - Teresa en faisait partie - aidaient à nouveau aux cuisines pour préparer le repas. L'après-midi, il y avait diverses tâches ou exercices; ou bien on donnait du temps libre aux filles. Teresa sortait faire de longues promenades dans les champs. Les seuls endroits qu'elle ne pouvait pas encore visiter étaient les champs de safran. L'heure n'était pas encore venue. Elle aimait aussi les débarras situés tout en haut de l'orphelinat où l'on conservait des objets anciens.

Dans l'une des grandes pièces se trouvait sa tapisserie préférée. Elle était accrochée au mur, splendide dans ses couleurs fanées. Teresa y voyait comme une carte, comme un terrain codé. Une carte des endroits où son esprit n'avait pas encore voyagé. Elle aimait regarder longuement la tapisserie jusqu'à ce que son regard faiblisse et que l'odeur de vétusté lui taquine les narines. Une fois encore, Teresa décida de monter les divers escaliers qui la conduisaient à la salle des tapisseries. En entrant, elle se dirigea vers *sa* tapisserie et caressa de ses doigts le motif brodé, elle ressentait, elle sentait. C'était comme si elle découvrait un nouvel alphabet, une forme de langage différente. Ce faisant, une grappe d'images lui apparut à l'esprit, comme une chaîne qui s'organisait, comme si une histoire se déroulait…

Teresa avait cru entendre une faible voix. Elle revint à ses sens ordinaires et regarda autour de la pièce. Elle était pourtant seule. Suivant son instinct, elle se dirigea vers la fenêtre et regarda vers la pelouse. Elle était presque gelée. En bas, dans l'herbe, la Madre se déplaçait lentement d'une manière étrange, mais intentionnelle. Elle ne marchait pas normalement, elle faisait quelques pas sur le côté, puis elle tournait à angle droit pour quelques pas encore. Il en ressortait un schéma délibéré, même s'il semblait quelque peu maladroit. Teresa regardait la Madre répéter ce même schéma. Après plusieurs répétions, la Madre s'arrêta soudain. Elle se retourna lentement et leva les yeux, droit dans la direction de Teresa. Pourtant, Teresa ne regardait pas la Madre. Elle se retourna brusquement sous le choc, comme si son souffle s'étranglait dans sa gorge. Elle s'éloigna de la fenêtre. Non, ça devait être un tour de passe-passe.

Teresa se retourna et quitta la pièce. Son esprit s'agitait maintenant, comme si ses pensées cherchaient à se réorganiser en une nouvelle cohésion. Même ses pensées avaient reçu un choc, à ce qu'elles lui disaient. Comment était-ce possible? Elle ne pouvait tout de même pas avoir vu son propre visage la fixer à la place de la Madre. Surement pas…

La jeune fille de treize ans, connue sous le nom de Teresa, revenait rapidement dans les couloirs du grand bâtiment du Foyer du Safran. Elle connaissait bien les couloirs, depuis le temps qu'elle les parcourait ! C'est donc avec une certaine incrédulité qu'elle réalisa soudain qu›elle se trouvait là où elle n'aurait pas dû. Mais où s'était-elle trompé de chemin ? Avant que son esprit n'ait pu faire les ajustements nécessaires, Teresa comprit qu'elle se trouvait dans le couloir qui menait aux quartiers privés de la Madre. Non, elle n'aurait pas du être là, mais elle y était.

Elle passa devant la porte de la chambre de la Madre qu'elle trouva ouverte. Elle s'arrêta. Et puis c'est arrivé. Quelque chose en elle la contraignit à retourner jusqu'à la porte ouverte. La même force convaincante l'incita à franchir la porte et à pénétrer dans les appartements privés de la Madre.

Elle s'approcha de la porte. Et soudain, une force d'hésitation monta en elle, vint contrer son impulsion corporelle et la fit douter. Teresa fit automatiquement un pas en arrière. Et là, elle entendit la voix de la Madre.

« Dès qu'une personne cesse d'avancer, elle commence à faire marche arrière. »

Teresa fit un pas en avant. Puis un autre encore.

CHAPITRE TREIZE

~ Prenez soin de vos mots comme s'ils étaient vos enfants ~

Une odeur de fumée traversa la pièce, une brume parfumée. Teresa comprit qu'un bâtonnet d'encens brûlait quelque
part et diffusait son parfum parmi les molécules de l'air. Avant
même qu'elle se soit retournée, elle sut que la Madre était derrière
elle, assise à une table à côté de la porte ouverte.

«Tu peux la fermer maintenant. Les portes fermées n'at-
tirent pas les moustiques. '
Teresa se retourna et ferma la porte, en se déplaçant aussi naturellement qu'elle le pouvait. Elle essayait de rester calme même
si son coeur battait la chamade. Elle regarda finalement vers la
Madre, simplement pour croiser le regard de la vieille dame qui
sirotait une tasse de thé. Sur la table à côté de la théière, une autre
tasse vide attendait une autre main, une autre bouche. La Madre
leva les yeux et fit signe à Teresa de s'asseoir à la table. Une fois
assise, elle sentit un autre parfum, léger, subtil.

«Tu veux une tasse de thé, Teresa? J'espère que tu aimeras
cette saveur particulière.

Teresa hésita et avant qu'elle ne puisse répondre, la Madre lui sourit gentiment. «Ce n'est pas du thé au safran. Nous ne mettons pas du safran partout, sinon vous mangeriez du pain au safran et des biscuits au safran! » Cette fois, la vieille dame eut un petit rire et son visage délicat dégagea une chaleur qui aida Teresa à se détendre. « Sers-toi une tasse de thé au jasmin. »

Teresa se rassit dans son fauteuil et sirota une gorgée de thé. Elle faisait en sorte qu'on ne la voie pas observer combien les doigts de la Madre semblaient légers et jeunes. Pendant un moment, les deux femmes – la jeune et la moins jeune - restèrent assises en silence comme pour quelque cérémonie. Teresa savait que la Madre, elle, n'avait pas besoin de l'observer physiquement de l'extérieur. Pas de doute, pensa-t-elle, elle pouvait lire en elle facilement comme dans un livre ouvert.

Finalement, la Madre poussa un léger soupir ; une petite note de satisfaction, comme si elle était contente du thé. Puis elle parla doucement. «Tu es venue ici de ton propre gré, et non à cause de quelqu'un d'autre. Ne t'y trompe pas, Teresa. Tu as trouvé ma porte ouverte parce qu'il y avait un consentement des deux côtés. Ma porte ne s'ouvre pas pour ceux qui ne sont pas prêts à entrer. Tu dois faire d'abord ce travail. »

Teresa inclina légèrement la tête mais n'eut pas l'impression d'avoir reçu une réponse.

«Il faut écouter cette sensation d'assentiment que nous avons en nous. C›est une sensation subtile dans la poitrine, près du plexus solaire. Elle nous avertit aussi lorsque quelque chose va à l'encontre du moi essentiel. Nous pouvons sentir son assentiment, tout comme nous pouvons percevoir sa voix silencieuse quand elle commente nos actions et nos pensées. C'est un phare qui n'émet pas de lumière mais qui nous guide. Il nous guide contre les doutes qui nous envahissent souvent au dernier moment, qui s'agitent pour nous distraire. Tout comme tu as ressenti ce moment d'hésitation avant de franchir la porte. »

Teresa rougit légèrement tout en restant concentrée sur l'expression de la Madre.

«Les ombres du doute ne sont pas nécessairement mauvaises pour nous. Elles peuvent nous aider à définir la lumière de la vérité. Elles nous montrent les obstacles qui se placent sur notre chemin. Elles offrent des contrastes à partir desquels nous pouvons mieux définir où se trouve la lumière, où elle n'est pas; et surtout, elle montre les endroits qui sont privés de l'essentiel, qui manquent d'épice.»

Une pensée surgit alors dans l'esprit de Teresa. «Je voudrais vraiment avancer», dit-elle à voix basse. Puis, pour la deuxième fois, d'une voix plus forte, «Il faut que j'avance. Je dois le faire.

« C'est une promesse? »

Teresa hocha la tête.

«Chacun de nous doit tenir ses promesses. Quand nous faisons une promesse, il faut la tenir. Nous pouvons la remettre à plus tard, mais faillir à une promesse ne fera que renvoyer un sentiment négatif sur la personne. Si tu emploies des mots, il faut les défendre, ce sont tes enfants, tu en es responsable. Traite tes mots comme s'ils étaient tes enfants.

Cette dernière phase fit sourire Teresa. Elle aimait ça. Elle avait toujours aimé la façon dont parlait la Madre. C'était simple et pourtant, cela lui paraissait tellement logique.

«J›aime vous écouter. Il y a tant de bonté quand vous parlez. »Teresa se sentit soudain un peu gênée. Les mots venaient de sortir de sa bouche; ils s'étaient échappés comme des sales gosses. Pourtant, elle était contente de les avoir dits. Il était si rare que Teresa soit capable de s'exprimer intimement avec la Madre.

La Madre se pencha en avant pour prendre les mains de Teresa. Elle prit ces petites mains dans les siennes et les enveloppa de ses doigts comme en un cocon. Entre les mains de la Madre, Teresa ressentait confort et sécurité, comme si elle était protégée de tout le reste.

« La bonté se trouve au plus profond de toutes choses. Si on la cherche, on peut la trouver. »

« Mais, chez les autres, je ne le vois pas toujours. » Teresa laissa un petit soupir lui échapper.

«Ne te préoccupe pas des fautes des autres; observe-les, puis laisse ta réflexion revenir vers toi. La connaissance de soi-même vient de la connaissance des autres. Aie confiance en toi et en ce que tu représentes. »

« Ce que je représente? »

La Madre sourit et regarda longuement le visage de la jeune fille. «Ce que nous représentons. Il y existe dans le féminin quelque chose de subtil et qui est très fort en même temps. On ne peut pas percevoir clairement le pouvoir féminin. On ne le voit pas vraiment, il est comme voilé. Ce qui est caché peut agir bien plus que ce qui est visible. D'ailleurs, c'est mieux pour nous. Nous pouvons travailler d'autant plus efficacement que cela ne se voit pas. C'est la voie du safran. »

Teresa sourit intérieurement. Elle reconnaissait là quelque chose qu'elle savait depuis toujours. Une présence auprès d'elle depuis la nuit des temps, des racines parmi les plus profondes qui l'interpellaient toujours avec douceur, comme une brise, un murmure, une touche insensible.

Teresa n'oublia jamais ce moment partagé avec la Madre ; un moment d'assentiment mutuel autour d'un thé au jasmin... un exemple d'isolement splendide où le monde ne pouvait intervenir.

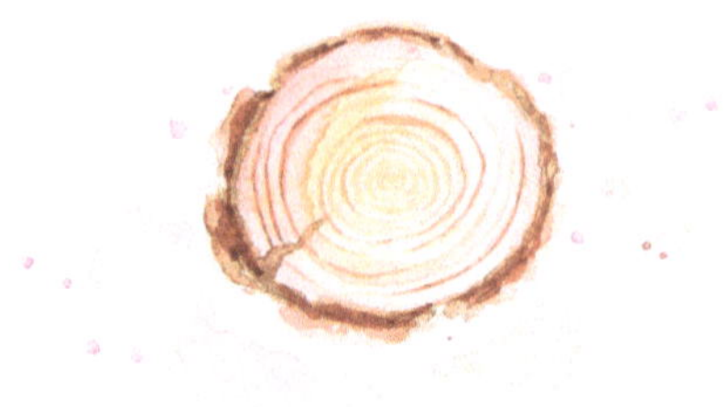

CHAPITRE QUATORZE

~ Nous sommes tous des idiots,
mais certains parmi nous en sont conscients ~

Les pluies d'hiver arrivèrent comme on s'y attendait. Teresa avait quatorze ans. Le sol desséché absorbait les gouttes d'eau tel un habitant du désert assoiffé. Teresa pouvait ressentir jusque dans ses os ce qu'éprouvait le sol quand il absorbait goulument les pluies. Son corps avait partagé cette expérience avec la terre l'année précédente. Leurs deux corps s'étaient entremêlés, ils avaient fusionné comme des soeurs jumelles, la bouche ouverte, l'âme ouverte. Les pluies tombaient à nouveau, elles atteignaient la chair de la Terre Mère. Chaque chose était à sa place.
L'hiver arriva comme il le fait sur toutes les terres. Pourtant, le Foyer du Safran se situait dans un climat méditerranéen tempéré. Les transitions entre l'été et l'hiver étaient relativement modérées. Pas de neige, pas d'extrêmes, non, seulement des changements plus subtils dans la nature.

Certaines des filles tremblaient de froid car les grandes salles de pierre renvoyaient le froid qui venait s'enrouler autour des grands murs extérieurs. D'autres filles murmuraient que l'orphelinat n'était pas prévu pour l'hiver, mais seulement pour l'été et le soleil. Teresa hochait la tête en silence. Elle n'était pas en désaccord avec les commentaires saisonniers, non, mais avec la référence à ce lieu en tant qu'orphelinat. Un orphelinat est un lieu d'accueil pour les orphelins. Et les orphelins n'ont pas de parents. Pourtant, elles étaient là, avec leur famille et avec une nouvelle mère - la Madre. Pour Teresa, le Foyer du Safran était un foyer, tout simplement. Et puis, elles n'étaient pas orphelines - elles étaient des cueilleuses. A ce moment là, Teresa et ses amies, le dernier groupe d'adolescentes, attendaient leur première récolte d'épices.

Le grand fourneau à bois du sous-sol, la sotano, comme l'appelaient les Dames, faisait rage. Sa fureur ardente réchauffait les chambres et les couloirs de la maison en pierre. Des tuyaux de poêle traversaient les pièces pour partager et diffuser la chaleur, et des mains expertes alimentaient quotidiennement le feu en bois coupé. L'énergie de la main de la nature se mêlait au changement saisonnier pour créer autour du grand bâtiment une ambiance différente. Teresa le remarqua, elle savait que ce n'était pas un inconvénient, mais simplement une différence. Au coeur de cette différence, les rencontres avec la Madre prenaient aussi un caractère différent.

Les cours de gymnastique avaient lieu dehors, si le temps le permettait, mais les discussions qui suivaient se déroulaient dans la salle de réception. La Madre était assise sur sa chaise rembourrée à côté d'un petit poêle à bois. L'énergie de la pièce entourait les enfants d'une touche de chaleur intérieure différente de celle des rayons du soleil.

La Madre, assise près du poêle, sirotait une tasse de thé qu'on avait préparée à son intention. Pas besoin d'attendre que l'odeur parfumée atteigne ses sens, Teresa savait déjà de quel thé il s'agissait. Parfois, le goût s'attardait encore sur ses papilles.

«Il existe dans la nature une énergie très particulière », dit la Madre après avoir posé sa tasse de thé. «Il y a autour de la Terre un tissu de vie, d'énergie et de lumière qui a un grand pouvoir. Cette énergie parcourt la Terre et la traverse ; les plantes et la Nature agissent comme des antennes pour diriger cette énergie. Cette toile de vie a toujours été présente. Depuis l'aube des temps, on l'a utilisée pour guérir, connecter et transmettre de l'énergie à des endroits spécifiques. Le temps et l'énergie ont des relations spécifiques, qui ne sont pas toujours les mêmes. La plupart des gens connaissent ce qu'on appelle le temps mondial, ou temps planétaire. Parallèlement, nous travaillons aussi avec ce qu'on pourrait appeler le temps effectif. J'entends par là un espace dans le temps qui a été spécifiquement influencé par le temps passé et qui a un effet marqué sur le temps futur. Cette relation entre passé, présent et futur peut exister dans le cadre d'un verrouillage volontaire de l'énergie. Pour résumer le plus simplement possible », déclara la Madre avec un léger sourire, » cela permet à une personne qui dispose des bons outils d'influencer un lieu spécifique à un moment précis ».

« Oui, l'épice », pensa Teresa.

«Ce genre d'outils, selon nos termes de référence, se rapportent à la collecte et à la diffusion de l'épice de safran.» La Madre jeta un coup d'œil à Teresa. «Tout d'abord, poursuivit La Madre, nous devons nous mettre dans l'état approprié pour utiliser de tels outils.» La Madre jeta ensuite un coup d'œil à Alicia.

« Comment trouves-tu notre maison? »

Alicia haussa les épaules, elle n'était pas certaine d'avoir bien compris la question. « Eh bien, je trouve que ce n'est pas un endroit normal. »

La plupart des filles s'esclaffèrent. Abigail chatouilla Alicia dans les côtes. La Madre rit aussi et hocha la tête.

«Mais oui, bien sûr! »

Tibia leva la main et La Madre lui fit signe de parler.

« Est-ce que cet endroit est au centre des flux dans ce réseau d'énergie? »

« Oui et non », répondit la Madre sans hésiter. «Allons au plus près, commençons par chacune de vous! Ne doutez jamais que cette énergie, cette toile de vie surgit à travers vous - souvenez-vous que vous êtes toujours profondément connectées. Cependant, il est crucial de rendre notre énergie collective. Si chacune de nous garde ce qu'elle a pour elle-même, si l'énergie reste individuelle, alors cela ne fonctionnera pas pour vous. Nous devons nous mettre au service. C'est le seul moyen de maintenir l'énergie. Alors, nous devenons un canal pour cet ingrédient spécial qu'est l'épice. Cependant, nous devons donner une partie de nous-mêmes. Après tout, c'est l'épice qui vous accepte, et non vous qui l'acceptez. « La Madre leva le doigt pour indiquer qu'elle allait dire quelque chose dont tout le monde devrait prendre note. Le silence feutré se fit encore plus profond et on n'entendait même plus les craquements de flammes du poêle. «Quand vous collectez l'épice du safran, vous avez peut-être l'impression de le posséder. Mais une fois qu'il vous accepte, vous lui appartenez! Et alors vous n'avez pas d'autre choix que de le servir. Lorsque vous arrivez à ce moment, vous devez être disposées à faire le choix. Vous devez choisir une direction et vous soumettre au processus. Et si la fleur de safran accepte de vous donner son épice, vous allez commencer à vous sentir connectées à quelque chose qui guidera à jamais vos actions. Plus vous vous connectez, plus la connaissance vous arrive. »

Tibia leva la main de nouveau. «Et si la fleur de safran ne m'accepte pas? Je n'ai jamais été très bonne en jardinage… » Cette fois, tout le monde rit, et la pauvre Tibia en rougit de honte. C'est vrai, elle croyait poser une question raisonnable. Elle se tourna vers ses amies et minauda. « Oui, là, je dois être vraiment idiote. » « Nous sommes toutes des idiotes », répondit la Madre après le brouhaha des rires, « mais certaines parmi nous en ont conscience. »

Le crépitement du feu se fit entendre à nouveau, comme s'il était autorisé à revenir dans le monde… ou plutôt, dans le monde du Foyer du Safran.

CHAPITRE QUINZE

*~ Rien n'est plus noble que la reconnaissance intérieure
de deux âmes. ~*

Les rituels du matin peuvent parfois être amusants. Tous les dortoirs à l'étage partageaient une grande salle de bains commune. Les filles faisaient la queue en rigolant, la brosse à dents dans la bouche et la serviette sur les épaules. On y voyait des visages endormis, des paupières tombantes et des traits fatigués. Et presque toujours, il y avait les chuchotements... les spéculations... les fantasmes. Pourtant, l'énergie était ordonnée, harmonieuse. La Madre avait dit très tôt qu'il n'existait pas de formes fixes, pas de fondamentalisme de comportement: la seule règle stable était l'harmonie. Un jour, elle avait dit que le moindre de nos pas devait être fait avec harmonie. Mais la Madre n'avait rien dit sur les commérages et les taquineries.

Les habitants de chaque pièce devaient organiser et nettoyer leur propre espace. Chaque matin après leur toilette, les filles faisaient leur lit et rangeaient leur chambre. Tibia était connue pour être la dernière à sortir de la salle de bain. Les autres filles du dortoir - Abigail, Alicia et Teresa – étaient désormais familières de ses habitudes. Mais ça ne les empêchait pas de la taquiner à ce sujet. Avec ses cheveux bruns coupés courts et son visage tout rond, Tibia leur pardonnait avec le sourire.

« Tibia la retardataire venait d'entrer dans la pièce. » Abigail pouffa quand Tibia lui tira la langue.

« Mieux vaut tard que jamais. » Tibia se mit à siffler, ou plutôt elle essaya de siffler car elle n'était pas très douée pour ça.

« Sauf si c'est pour ton enterrement », ajouta Alicia.

« Pour mon enterrement, je préférerais être très en retard, très, très en retard - comme jamais! » Toutes les filles rirent en continuant à ranger la chambre. «Quoi qu'il en soit, je suis peut-être la dernière à quitter la salle de bain, mais Teresa est toujours la dernière à parler. Je suppose que tout le monde doit être le dernier dans quelque chose. Et toi, dans quel domaine es-tu bonne dernière ?

Abigail haussa les épaules. « Peut-être que je suis la dernière à savoir de quoi parle La Madre. »

« Eh bien, » intervint Alicia, « je dois être la dernière à savoir ce qui se passe ici! » Abigail et Alicia se prirent dans les bras en souriant et échangèrent des bises sur la joue. Tibia s'approcha et passa les bras autour des deux filles et se joignit à leur étreinte. Teresa resta assise sur son lit bien fait. Elle reconnaissait en ses amies quelque chose de spécial. Elles étaient une famille, reliées par un lien au-delà du sang, au-delà de la chair.

Teresa et Tibia regardaient tranquillement par dessus une étagère de livres dans la bibliothèque du bâtiment. Teresa avait déjà plusieurs livres à la main qu'elle devait donner à Tibia. Après avoir trouvé quelques livres de plus, Teresa fit remarquer qu'il était temps de partir. Elles quittèrent la bibliothèque pour se diriger vers l'étage supérieur où se trouvait l'une des grandes salles communes. Le grand salon était presque vide. Elles se dirigèrent vers un canapé et s'assirent, posant les livres sur une table basse.

« Tu devrais les lire, ils te seront utiles. »

Tibia regarda son amie Teresa. « Pourquoi devons-nous lire autant? »

« Apprendre est une compétence ».

Tibia fit une grimace. « Mais j'ai appris la gymnastique et le jardinage, même si je ne sois pas très douée pour ça! »

Teresa tapota le bras de son amie. «Tout est une compétence dont nous aurons besoin. Tout vient ensemble - corps et esprit. Certaines façons de penser nous aideront. Tu sais, c'est comme mettre du vin nouveau dans des vieilles bouteilles. »

« On n'est pas vieilles, Teresa, on n'a que quatorze ans. »

Teresa soupira et pinça son amie. « C'est une métaphore, tu sais ! Tu es stupide comme un âne. »

Tibia s'approcha et serra Teresa dans ses bras. «Et cet âne stupide t'adore. Et quand vous serez toutes grandes et semblables à la Madre, je vous aimerai toujours, même si vous me donnez des ordres. »

Teresa se recula légèrement. « Pourquoi dis-tu ça ? »

« Parce que tu sais bien que c'est comme ça. Les choses sont ce qu'elles sont. Et tu es qui tu es, qui tu vas être. »

« Après tout, peut-être que tu n'as pas besoin de ces livres. »

« Non, j'ai mon instinct! Mais… » Tibia prit un des livres, s'installa dans le canapé et commença à lire.

CHAPITRE SEIZE

~ Se souvenir est l'une de nos plus grandes démarches ~

L'arrivée de la nouvelle année fut éclatante. Il faisait grand soleil au jour de l'an et on avait dressé un buffet dans le patio extérieur. Toutes les filles, les jeunes comme les plus grandes, étaient de bonne humeur. C'était bon signe pour l'année à venir. Beaucoup de grandes murmuraient que l'année serait chaude, et qu'on aurait une bonne récolte de safran. Jusque là, les pluies avaient été modérées et les mains du soleil nourrissaient désormais la nature dans sa plus belle croissance. Pour célébrer le Nouvel An, certaines des grandes, selon la tradition, jouèrent une pièce de théâtre. Le thème de cette année était «Oubli et souvenir».

Deux filles jouaient le roi et la reine. Teresa reconnut Anna, leur professeur de gymnastique dans le rôle de la reine. Une autre fille, aux cheveux noirs attachés en arrière, jouait le roi. Un narrateur les présenta comme un couple royal juste et respecté qui vivait dans un royaume lointain parfait. Ils avaient un fils et une fille merveilleux et ils vivaient tous ensemble dans le bonheur. Un jour, le roi convoqua ses enfants et leur dit: «L'heure est venue pour vous, comme elle vient pour chacun, de partir en voyage très loin d'ici, dans un autre pays et de vous acquitter d'une mission. Vous devez chercher, trouver et rapporter une épice précieuse. » C'est ainsi que les deux enfants, déguisés en voyageurs, furent conduits dans un pays étranger dont presque tous les habitants avaient une existence sombre. Le narrateur décrit comment, sous l'influence de cet étrange pays, les deux enfants avaient perdu contact. Ils erraient comme endormis. De temps à autre, il leur semblait apercevoir des fantômes, qui leur rappelaient leur pays. Ils avaient aussi quelques pâles images de l'épice. Les deux filles qui incarnaient les enfants royaux erraient autour du patio, perdues et hagardes. Leurs visages étaient blêmes et fantomatiques, leurs actions saccadées. C'était très réaliste. Puis elles changèrent de comportement. Elles commencèrent à s'amuser, à danser et à jouer. Comme si elles avaient tout oublié de leur mission. Puis, on raconta et on montra comment le roi et la reine avaient été informés de l'état de santé de leurs enfants, car ils étaient inquiets. Ils firent appel à une servante de confiance, une femme sage, et lui confièrent un message pour leurs enfants: « Souvenez-vous de votre mission, réveillez-vous de votre rêve et restez ensemble. » La femme partit pour le royaume lointain. A la recherche des enfants perdus. Quand elle les retrouva, elle leur transmit le message. Aussitôt, en l'écoutant, les enfants sortirent de leur rêverie. Avec l'aide de leur amie, guide avisée, ils osèrent relever les défis et les périls qui se dressaient entre eux et l'épice. Dès qu'ils eurent obtenu l'épice, ils purent, grâce à sa magie, retourner dans leur pays d'origine, royaume de paix et de perfection. Ils y demeurèrent heureux à jamais.

A la fin du spectacle, tout le monde applaudit encore et encore. Au soleil de ce début d'après-midi, le spectacle avait été merveilleux. Puis, quand le buffet fut terminé et les tables nettoyées, on sortit la chaise de La Madre dans le patio. Bientôt, elle apparut, détendue, drapée dans un simple châle de laine blanche.

En sortant du patio, elle passa devant les filles et vint s›asseoir à côté d›une petite table sur laquelle fumait une tasse de thé.

«Je serai brève afin que vous ne preniez pas froid, mes amies. Je sais ce que vous pensez toutes. Comment pourrions-nous attraper froid avec ce merveilleux soleil? Pourtant, même la lumière du soleil peut parfois nous tromper, si nous manquons d'attention. C'est de cela que je veux vous parler. Tout le monde a aimé le spectacle de cette année, n'est-ce pas? »

Attentives, toutes les filles hochèrent la tête.

« Eh bien moi aussi! Et je sais que vos petits esprits intelligents ont déjà compris que les enfants dans la pièce, c'est nous. Nous sommes les enfants, aujourd'hui et pour toujours. On dit qu'avant d'entrer dans ce monde, nos âmes s'abreuvent longuement au fleuve de l'oubli, si bien qu'à la naissance, nous ne nous souvenons plus du tout de notre mission. Certains disent même que dès que la petite tête du bébé apparaît dans ce monde, un ange lui donne une tape - bing! - sur le sommet du crâne et lui fait tout oublier. Bon, si ce n'est pas un ange, c'est une rivière, ou tout autre chose. Mais dans ce monde, les gens ont oublié que nous sommes toutes venues ici avec une mission. »

La Madre s'arrêta pour boire un peu de thé. Elle regarda attentivement l'ensemble de la terrasse, prêtant attention à chacune.

Teresa sentit ou sut que c'était une pause délibérée.

«Notre mission », poursuivit-elle, « consiste maintenant à aider tous ceux qui ont oublié à se souvenir. Ils ont besoin de cet ingrédient spécial que constitue l'épice.»

La journée se finit bien. Tout le monde était heureux et content, parfois un peu songeur. Les choses s'étaient calmées après le discours de la Madre, comme si elle avait déclenché un voyage vers les mondes intérieurs.

Tibia était assise dans son lit en train de lire un de ses livres. Alicia était assise sur le lit d'Abigail en train de peigner les longs cheveux blonds de son amie. Teresa, elle était allongée sur le dos, les yeux fermés. Elle se reposait, l'esprit dans les étoiles.

Tibia leva les yeux de son livre. « Tu te souviens de quelque chose, Teresa? »

Teresa garda les yeux fermés. Tibia répéta la question, même si elle savait que Teresa l'avait bien entendue.

«Parfois…» murmura doucement Teresa. « ça ressemble à des souvenirs, mais ça n'en est pas. Peut-être qu'en faisant la paix avec beaucoup de tes souvenirs anciens, ils laisseront entrer ceux-là… Tu te rappelles comment c'était sous la terre?»

Tibia ferma son livre et regarda dans le vide. « Ouais … », dit-elle après une longue pause. Ce fut tout. C'était tout ce qu'il fallait dire.

Alicia posa sa tête sur l'épaule d'Abigaïl. Le silence descendit sur la pièce et s'en vint caresser doucement chacune des occupantes de ses doigts du souvenir.

CHAPITRE DIX SEPT

~ Sans harmonie, il n'est pas possible d'atteindre l'essentiel ~

Les premiers mois d'une nouvelle année sont toujours les plus fatigants. Les gens deviennent inquiets, ils sont impatients de voir arriver les premiers bourgeons du printemps. Les journées courtes et les soirées sombres pèsent sur les corps et les émotions trop fragiles. Nul n'est vraiment à l'abri des nuages d'ennui qui s'étirent pendant jours de brume et de froid.

Partout où les gens se rassemblent, que ce soit dans un lieu fixe ou sur la route, c'est le bon moment pour observer le comportement humain. La vie est plus qu'une salle de miroirs, c'est une explosion de fragments éclatés, chacun montrant une image du tout. Même les esprits passifs s'agitent quand ils sont suffisamment écorchés.

Madame Aisha aurait assisté à la confrontation alors qu'elle traversait le patio d'une aile du bâtiment à l'autre. Deux des grandes se disputaient, à coup de mots acerbes dont la méchanceté frappait là où ça fait mal. C'était le jour de l'ombre. Elle glissait désinvolte le long des murs de pierre et s'insinuait dans les fissures comme un voleur. Il y avait aussi des tensions dans la salle à manger. Des regards lourds et des regards hostiles accompagnaient les rangées d'estomacs affamés.

C'était un samedi, ce jour où les filles, quelque soit leur âge, avaient été convoquées pour une réunion exceptionnelle. Elle s'est tenue dans la salle à manger ; on avait repoussé tables et chaises. Autour de la pièce, les Dames étaient comme des relais télégraphiques, prêtes à transmettre leurs signaux dans des endroits éloignés, au-delà de la portée des ombres. La Madre entra dans la salle accompagnée de sa fidèle compagne, Madame Aisha. Elle s'assit doucement sur sa grande chaise et attendit qu'on lui apporte la théière. Dans la salle, l'attente rendait le silence pesant.

La Madre but une gorgée de thé.

Puis elle parla pour que toutes les oreilles entendent.

«C'est un privilège que d'être ici. Ne l'oubliez jamais, ne le prenez jamais à la légère. Appartenir à ce groupe, avoir la chance de travailler ensemble, c'est un vrai privilège. Chacune de nous travaille à quelque chose de plus grand que n'importe laquelle d'entre nous. Dans cette vie, nous avons besoin de cadeaux. Sans cadeaux, nous ne pouvons pas avancer. Nous retrouver ici ensemble est l'un de ces cadeaux. Le Foyer du Safran bénéficie de ce don d'énergie. Pourtant, tout a un prix. *Se nourrir gratuitement, ça n'existe pas*, comme on dit. Le besoin d'harmonie fait partie de ce prix. Là où il n'y a pas d'harmonie, il est impossible d'atteindre l'essentiel. C'est aussi simple et aussi important que cela. Nous ne pourrions pas exister ici en ce lieu, et faire ce que nous devons faire, sans cette harmonie spéciale. Elle nous permet de faire notre travail et d'aider les autres. Ayez clairement à l'esprit que ce que nous faisons ici n'est pas pour nous. Nous ne pouvons pas être égoïstes. Nous n'en avons pas le droit. Briser l'harmonie que nous avons établie ici est un acte égoïste. L'harmonie rassemble les choses dans un alignement correct, et qui facilite ici notre objectif. C'est un mot qu'on entend souvent, et pourtant il est de la plus haute importance. Il est à la fois très puissant et d'une grande fragilité. Il se trouve en chacun de nous et opère aussi entre nous. Chers amies, sans harmonie, nous ne pouvons presque rien faire. Croyez le bien et ayez confiance en vous. »

La Madre termina sa tasse de thé et sortit. Une autre graine avait été plantée dans la conscience de chaque cœur.

CHAPITRE DIX HUIT

~ L'expression authentique d'une vérité ne prend pas de forme fixe ~

On avait déjà appelé les trois autres. Teresa passait en dernier. Elle n'avait pas vu sortir les filles, elle n'avait aucune idée de ce qui s'était passé pour elles. On l'avait fait attendre à l'écart jusqu'à ce que Madame Aisha vienne l'appeler doucement.

La pièce était toujours la même, mais cette fois, Teresa ressentait une atmosphère différente. Le bol en cristal était posé sur la petite table. La Madre se tenait de l'autre côté de la table. Quand Teresa entra, elle lui sourit doucement et lui fit signe de s'asseoir.

«Je vais te dire la même chose qu'à tes amies. Il ne s'agit pas d'un test. Les tests sont faits pour ceux qui s'attendent à certains critères. Ici, nous cherchons la reconnaissance. Tout ce que tu fais repose sur une connaissance de l'endroit où tu te trouves. Chaque fois que tu te reconnais toi-même, tu avances dans ta préparation. Maintenant, prends ton temps - tu sais ce que tu as à faire. »

« Si je ne suis pas prête maintenant, je ne le serai pas non plus dans cinq minutes. » Teresa parlait calmement d'une voix neutre. Puis, sans hésiter, elle se pencha pour soulever le couvercle en cristal du bol et le posa sur la table. Puis elle souleva le couvercle et le remit sur le bol.

La Madre hocha la tête, accueillant le silence. «Tu as le bon sens de ne pas te faire d'illusions. A chacun sa façon. Certains ont besoin de temps. D'autres ont besoin de grenades. »

Teresa afficha sa surprise. La Madre éclata de rire et se leva soudain pour s'avancer vers la fenêtre. Teresa remarqua avec quelle grâce et quelle agilité elle se déplaçait. Elle se leva à son tour et suivit la vieille dame jusqu'à la lumière de la fenêtre.

«Là où nous sommes, il y a beaucoup de lumière. La lumière est bonne pour notre travail. Cette maison n'est pas une cathédrale majestueuse, mais elle laisse tout de même entrer la lumière. »

« J'aime cet endroit. Je l'ai toujours aimé. Notre maison se trouve là où est notre cœur, n'est-ce pas ? »

«Notre cœur, oui, et bien plus encore. Mais, c'est déjà un bon début. Où en es-tu de tes lectures ? »

Teresa ne s'attendait pas à cette question. «Hum, c'est intéressant. Au début, je ne comprenais pas pourquoi on devait lire de la science-fiction. Ça m'a semblé étrange… mais maintenant j'aime ça. Ça me fait réfléchir. »

« Très juste. » La Madre eut un clin d'œil provocateur. « Et maintenant? »

« Eh bien, maintenant, c'est moins drôle depuis qu'on a commencé à lire certains classiques. En ce moment, on lit l'interminable *Enfer de Dante*. C'est difficile.»

La Madre eut l'air d'approuver. «Oui, maintenant vous lisez différents documents. Mais pense à ce qui relie tous ces thèmes entre eux : le voyage de Dante aux enfers à la recherche de sa Béatrice; le retour d'Ulysse chez Penelope sous la conduite d'Athéna, Thésée qui suit le fil d'Ariane à travers le labyrinthe crétois et la quête médiévale du Saint-Graal. »

«Oui, ces voyages me font vraiment réfléchir. J›en ai encore les images en tête après avoir refermé le livre. »

«C›est pour cela que nous lisons ce genre de livres. Teresa, la prochaine étape pour la cueilleuse de safran est d'avoir un meilleur accès au monde de l'imagination créatrice. Quand nous semons la graine de safran, nous le faisons entre deux mondes. Nous n'opérons pas dans un seul monde, une seule réalité; si nous le faisions, la fleur n'aurait aucune propriété particulière. La graine s'imprègne de ses propriétés qui proviennent d'un autre domaine de formes - un domaine plus pur. La cueilleuse de safran sert de pont pour que cette imprégnation se produise. »

Il y eut un silence. Teresa regarda par la fenêtre les champs qui s'étendaient au loin. Puis elle se retourna vers la Madre qui se tenait près d'elle. « Alors, l'imagination créatrice est la première étape pour combiner ces mondes? »

La Madre acquiesça. «Maintenant, je veux te donner quelque chose. Viens. » Elle s'éloigna et entra dans une pièce voisine, suivie de Teresa.

Teresa n'était jamais entrée dans cette pièce. Elle faisait partie des quartiers privés de la Madre. Une pièce étroite où il faisait chaud. Même les pierres froides des murs et du sol renvoyaient à Teresa une sensation de chaleur. La pièce donnait aussi l'impression d'être basse. Peut-être parce que tous les meubles étaient au ras du sol. Le long d'un mur, une bibliothèque basse à deux étagères était remplie de livres. Des bols sculptés, d'aspect étrange, étaient posés sur la bibliothèque ; certains avaient des chaînes. Sur le mur opposé, il y avait une tapisserie lumineuse aux motifs complexes. Au fond de la pièce étroite, des coussins jonchaient le sol. Une pièce simple. Teresa pensa qu'elle devait également avoir une fonction simple.

La Madre s'approcha de la bibliothèque et choisit un livre peu épais. Elle le donna à Teresa : «Voilà, lis ça. Fais les exercices et travaille avec la visualisation. » Elle entoura de ses mains le visage de Teresa. Puis, elle s'approcha et lui murmura quelque chose à l'oreille.

Tibia fit un signe à Teresa à travers la porte vitrée. Teresa était heureuse de retrouver sa meilleure amie. Elle la rejoignit bien vite et elles entrèrent dans l'une des cours latérales. Tibia étreignit Teresa et lui donna un joyeux baiser.

« Eh bien, qu'est ce qui te rend si joyeuse? », demanda Teresa en riant.

« Je l'ai fait! Je l'ai fait, bien sûr. »

Teresa eut un moment d'hésitation puis elle se souvint : «Ah, oui, bien sûr. Tu as fait le truc du bol en cristal. »

« Mais oui, bien sûr », répondit Tibia en faisant la moue. Les deux filles éclatèrent de rire.

« Evite que la Madre te voie ou t'entende faire ça! »

Tibia tira la langue et Teresa ne put réprimer un petit rire.

« Et maintenant? » Teresa pensait que Tibia avait elle aussi reçu un livre à étudier.

« Eh bien, pour commencer, j'ai des nouvelles tâches... »

« Lesquelles ? », demanda Teresa un peu surprise.

« Je vais faire plus de jardinage! », dit Tibia en riant. Puis elle désigna l'endroit où elle venait de travailler, le petit jardin près de la cour. Teresa n'avait pas vu le plantoir ni les gants que Tibia tenait à la main. « Et elle m'a aussi murmuré quelque chose à l'oreille. » Tibia s'approcha de Teresa, elle colla presque sa bouche contre son oreille : « L'expression authentique d'une vérité n'a pas de forme fixe. »

Tibia se recula pour regarder Teresa. « Et toi? Tu as soulevé le couvercle en cristal, pas vrai? »
Teresa opina et lui fit un clin d'œil.
« Et rien d›autre? »
Teresa haussa les épaules : « Rien qu'un livre ».

CHAPTER DIX NEUF

~ Nous sommes là pour amener les autres à changer ~

C'était le jour de la course. Toutes les filles étaient alignées en tenue d'extérieur pour la course annuelle de cross-country du Safran. Ce matin-là une brume délicate affleurait sur les champs. On avait prévu trois itinéraires selon les catégories d'âge: de sept à douze ans, de treize à dix huit, et plus de dix huit ans. Les filles de moins de sept ans n'étaient pas autorisées à participer. Comme disait La Madre, *tout dépend du temps et des grenades.*

La course était toujours épuisante. Elle exigeait des filles un surcroit d'efforts physiques; des efforts auxquels elles n'étaient pas habituées. Elles savaient qu'il n'y aurait aucune récompense pour la gagnante, car il n'y avait ni gagnant ni perdant. Il n'y avait que des participants. La participation était le fil d'or qui les réunissait toutes.

Après, il y aurait abondance de sandwichs, de gâteaux et de friandises spéciales. Les filles seraient épuisées, mais après la course, cette fatigue se changerait en une incroyable énergie. La fête après la course était toujours une source d'énergie. Les filles commentaient les détails de leur performance: les moments difficiles, les moments drôles, les partenaires, les adversaires, etc. Etant donné que la course portait sur la participation plutôt que sur la victoire, le véritable enjeu était *la manière* dont chaque fille avait participé. Tout était une question d'attitude et de protocole.

Comparé au reste du monde, le Foyer du Safran constituait un microcosme. Les filles apprenaient rapidement que lorsqu'elles seraient un peu plus âgées, elles le quitteraient probablement pour entrer à nouveau dans le monde. Elles ne savaient ni ou ni quand. Le plus souvent, c'était autour des vingt-cinq ans, bien que certaines filles restent plus longtemps et que quelques unes soient parties de façon inattendue. Seules quelques une d'entre elles étaient restées indéfiniment, c'étaient les Dames qui géraient la maison. Souvent, des rumeurs circulaient parmi les filles, surtout les plus âgées. Qui seraient les prochaines à partir? Où allait on les envoyer? Etrangement, personne n'était jamais venu partager la nouvelle. Dès qu'une fille était choisie et qu'on lui demandait de partir, elle s'en allait aussitôt et ne parlait plus avec ses amies. Cependant, la seule chose sur laquelle toutes les grandes étaient d'accord, c'est qu'on les envoyait très certainement quelque part. On ne se contentait pas de sortir un jour pour errer au hasard. Les filles savaient que quelque part dans le monde, il y avait des cueilleuses de safran, dans des endroits insoupçonnés, occupées à des tâches que les gens ne connaitraient probablement jamais.

Le soir de la course, toutes les filles se retrouvaient pour une conférence de la Madre. C'était l'une des rares occasions où la Madre s'adressait à tout le monde en même temps, une des conférences annuelles à thème. L'énergie de la journée électrisait toutes les filles. Cette journée marquait le début du printemps. Cela suffisait à apporter de l'excitation dans le cœur des filles fatiguées de l'hiver.

Comme la soirée était douce, on avait organisé la rencontre au dehors, dans la cour d'entraînement principale. Dès lors, il était difficile pour de nombreuses filles de cacher leur enthousiasme. Elles trépignaient en attendant l'arrivée de la Madre.

Comme toujours, la Madre sut jouer avec le temps. Elle apparaissait souvent au moment le moins attendu et différait son apparition quand on l'attendait le plus. La patience, c'était peut-être ça le thème. Quand l'effervescence générale laissait enfin place à l'acceptation, la Madre apparaissait et venait s'asseoir calmement sur sa chaise. Elle attendait patiemment qu'on lui apporte sa théière. Puis elle sirotait son thé tout en regardant les visages devant elle. Un éclair brillait dans ses yeux.

«Cette journée est officiellement le premier jour du printemps. On peut dire aussi qu'elle marque le vrai commencement de l'année. Pour la nature, c'est le moment où on sème les graines et où commence la transformation annuelle. La nature a ses rythmes, nous avons les nôtres. Elle a ses manières et nous avons les nôtres. Cette apparente opposition fonctionne souvent dans l'harmonie. Sous les apparences de la contradiction se cache souvent une vérité plus grande, la conciliation. Cette harmonie, cet unisson engendre une autre force, la transformation. C'est de cela que je veux vous parler aujourd'hui. La transformation n'est pas un chemin passif. Elle n'attend pas de nous la solitude ni une vie de tranquillité. Ce qu'elle nous demande c'est une âme de guerrier. Si vous souhaitez être libéré de vos obligations et de votre travail, cherchez votre sanctuaire ailleurs. Avec moi, vous êtes les agents contagieux d'une force nouvelle. Nous devons faire face à l'état actuel de l'humanité et de la planète, or il existe des forces hostiles à nos objectifs. Ce genre de force n'a jamais renoncé volontairement au pouvoir. A moins d'y être obligé. Nous sommes ici pour imposer ce changement. Nous sommes ici pour obliger les autres à changer. Quand nous travaillons avec l'épice, nous nous connectons avec elle, nous communiquons, nous établissons une correspondance avec elle. De la même façon, la fleur de safran, au fil de sa croissance, s'est trouvée en correspondance avec certaines forces de la nature, du soleil, des planètes et des étoiles. Toutes ces influences s'entremêlent d'une façon spéciale dans la fleur de safran. Quand son épice se mélange à l'être intérieur de la personne correcte, il devient un ingrédient de transformation. Il existe un potentiel de correspondance entre l'épice et les cueilleuses de safran. C'est une correspondance de l'Ange de Feu, la rivière d'or intérieure qui afflue jusqu'à nous depuis les étoiles. C'est une énergie qui nous irradie, qui nous anime. Celui qui travaille avec l'épice de safran doit entrer en contact avec son être psychique, cette partie intérieure de lui-même qui influe sans cesse à son insu sur sa personnalité extérieure. Pour cultiver l'être psychique, nous devons l'écouter avec attention, avec une sincérité authentique. Notre être doit exister à la moindre seconde de chaque minute dans notre monde d'imagination créatrice. »

Quand Teresa entendit cette phrase, quelque chose en elle tressaillit qu'elle reconnut immédiatement. Ses sens semblaient stimulés, disposés à se montrer plus alertes, plus vivants. Il lui sembla qu'elle pouvait sentir le picotement d'énergie autour d'elle, comme si toute l'assemblée se trouvait dans un champ pétillant et vibrant. Teresa sentit qu'elles étaient dans une énergie protectrice. C'était à la fois très fort et presque imperceptible.

« Si vous fuyez ce monde », poursuivit la Madre, « et vos responsabilités en ce monde, vous ouvrez un espace aux forces adverses pour s'y précipiter. Ne les laissez pas entrer! De même, ne vous opposez pas aux forces négatives avec faiblesse. Quand on souffle sur une fleur, on ne fait que répandre ses graines. La bonne volonté n'est pas à elle seule une force de transformation efficace. Vous avez besoin d'une intention consciente et d'un pouvoir personnel, que vous appliquerez de la bonne manière en temps utile. Avec une intention consciente, vous pouvez gérer tous les impacts et les bruits venus de l'extérieur. C'est un travail très physique qui peut occuper entièrement l'esprit et l'attention consciente. Une personne doit être transformée si elle veut traiter et neutraliser correctement les impacts extérieurs. Un individu transformé est aussi plus capable de travailler avec les propriétés de transmission et de diffusion. Une personne transformée peut imposer de grands changements sur cette planète selon les besoins et la fonction, tandis qu'un million de personnes non transformées ne peuvent rien faire. Attelez-vous au changement intérieur et avancez dans votre destinée. »

Au premier scintillement des étoiles, la Madre leva les yeux : « Et qu'une étoile vous guide sur votre chemin. »

Il était l'heure de rentrer.

CHAPITRE VINGT

~ Chacun de nous vient en ce monde
comme un livre qu'on n'a pas besoin de lire à voix haute ~

Madame Pym regardait les filles depuis l'autre côté de la cuisine. Son visage rond les balayait de son attention tel un phare. Pour certaines des filles, dont Teresa et ses colocataires, c'était jour de nettoyage. Tandis qu'elles lavaient les casseroles et les poêles dans la cuisine, certaines filles échangeaient des plaisanteries. Teresa remarqua qu'Alicia et Abigail étaient elles aussi de bonne humeur ce matin-là. Mais aucune voix n'était plus perceptible que celle de Madame Pym. De sa voix grave, elle contrôlait les activités, mais dès qu'on levait les yeux, on voyait le visage bienveillant et sympathique de la gardienne des cuisines aux cheveux gris. Sa voix forte s'accompagnait d'un regard attentif et pétillant et d'une bouche qui semblait vouloir toujours sourire.

Tibia donna un coup de coude dans les côtes de Teresa. « Dis, si on sortait plus tard pour aller courir dans les chemins. On pourrait grimper dans notre arbre préféré. On aura peut-être la chance de recevoir une averse! »

Espiègle, Teresa repoussa son amie. «Tu es incroyable, Tibia. Tu vas nous attires les ennuis. Tu es comme un petit diable perché sur mon épaule. »

Tibia pouffa : « C'est toujours mieux qu'un gros ogre qui sent l'ail. »

«Qu'est-ce que vous chuchotez vous deux? On dirait deux poules qui se préparent à s'évader de la ferme. » Madame Pym s'approcha et explora de ses doigts le plan de travail de la cuisine. «Hum, très bien, c'est propre. Vous deux, vous faites mieux que caqueter comme des poules, vous frottez vraiment ! »

« On ne se contente pas d'être jolies, Madame Pym », dit Tibia avec un sourire.

« Absolument ! Et c'est important, ma chère. Notre apparence est pour le monde, mais ici, nous travaillons avec ce qui se trouve au dessous. »

« Alors pourquoi le tour de cuisine fait-il partie de ce qui est en dessous? »

Madame Pym tapota Tibia sur l'épaule. « Tu devrais demander à ton amie. » Tibia regarda Teresa qui se tenait de l'autre côté de Madame Pym.

Teresa hocha la tête, elle avait compris : « La discipline. »

Madame Pym sourit d'un air approbateur. « Elle s'en souvient. Oui, sans une discipline intérieure, pas de discipline extérieure. »

Tibia fronça les sourcils imperceptiblement.

«Je sais, ma chère. Il y a peut-être des choses que tu n'aimes pas, mais nous ne sommes pas ici seulement pour notre propre plaisir. »

« Plus je suis ici, moins c'est clair. »

«Tu es ici, ma chère. Tu es ici. Il s'agit toujours de savoir où nous en sommes. Tout passe par nous, tout doit passer par nous. La Madre dit que chacun de nous ici avance dans le monde comme un livre qu'on n'a pas besoin de lire à voix haute. Ce n'est pas dans les pages d'un livre que se trouve la sagesse mais dans notre présence. Les gens nous liront de différentes manières.» Madame Pym accorda à Tibia un regard compatissant. « Et c'est pourquoi un jour tu devras retourner dans le monde pour en faire partie, et d'autres avec toi. »

Le visage de Tibia était maintenant calme et sérieux. « En fait, ça ne me dérange pas de nettoyer les cuisines. »

«Je le sais, ma chère. Je le sais. »

La rencontre de ce soir-là soir était inattendue. Il était rare que les grandes fréquentent les couloirs où se trouvaient Teresa et ses amies. Pourtant, ce soir-là, tandis que Teresa regagnait son dortoir, elle vit Anna venir vers elle. Anna était grande et mince, elle faisait une professeure de gymnastique idéale. Elle avait donné des cours à Teresa et aux autres pendant de nombreuses années. On la voyait un peu comme une grande sœur, même si les relations entre Anna et ses élèves restaient plus respectueuses que fraternelles.

Au moment de la croiser, Teresa sourit à Anna. Mais celle-ci s'arrêta au lieu de poursuivre son chemin.

«Salut, Teresa.»

« Salut Anna. Quelle bonne surprise. »

« Bonne, oui, mais ce n'est pas une surprise pour moi. »

Teresa inclina la tête presque imperceptiblement en réfléchissant à la remarque. « Tu t'attendais à me rencontrer? »

«En l'occurrence, très certainement. Viens un peu avec moi. »

Anna descendit lentement le couloir, Teresa marchait à côté d'elle. Deux filles d'âges et de tailles différentes. Elles arrivèrent à une grande baie vitrée sous laquelle il y avait un banc rembourré. Anna s'assit et attendit que Teresa la rejoigne.

Tu ne le vois pas encore, mais regarde attentivement. »

Teresa suivit la direction du regard d'Anna. Elle regardait à travers le mur carrelé. Il y avait de nombreux murs carrelés dans le grand bâtiment, ainsi que des tapisseries et des photos.

« Parfois, on ne voit pas ce qu'on a sous les yeux. »

Teresa regarda à nouveau les carreaux colorés disposés en motifs géométriques.

«Ce mur particulier est composé de quatre mille quatre-vingt-seize pièces particulières. Et pourtant, il ne révèle pas toujours facilement sa fonction. Ne focalise pas ton regard. »

Teresa laissa son regard vagabonder, sa concentration se brouilla. Une image se forma bientôt à travers les couleurs des carreaux. Un schéma apparut qui transmettait une image… puis une compréhension. Un sens émergea, entier et complet. Teresa comprit. Elle se tourna vers Anna pour la dévisager. Elle savait qu'Anna avait compris le même message et que c'était précisément ce qu'elle avait voulu lui transmettre.

Anna hocha la tête. « Oui. Quand on a la compréhension, il n'est pas nécessaire de la mettre en mots. Les mots ne font que fausser la transmission et perdent une partie de leur sens. Bientôt, tu seras cueilleuse de safran, et tu seras aussi chargée de la transmission. Notre objectif est de transmettre sans distorsion. Nous ne devons pas nous permettre de déformer ce qui nous traverse. Il est très difficile de ne pas entraver la compréhension, mais c'est notre travail. Voilà ce que nous devons faire. La transmission doit être semée dans des endroits spécifiques à un moment précis. Ce ne sont pas des choix arbitraires. La vraie transmission ressemble plus à une science. C'est comme dans un laboratoire, il faut appliquer la chaleur correcte au bon mélange d'éléments. Mais notre laboratoire, c'est le monde.»

« Et nos éléments sont ... »

« Oui. Exactement. » Anna ne laissa pas Teresa achever sa phrase. De toute façon, ce n'était pas nécessaire. Elles avaient compris.

Anna se tourna vers Teresa et se rapprocha. Elle appuya sa tête contre celle de Teresa et pendant un bref instant, elles demeurèrent ainsi, front contre front. Puis Anna s'éloigna lentement.

«Le lien est toujours là. Sans lui, il n›y aurait pas de vie. Être coupé du contact, c›est être coupé de l›énergie de transformation. Nous sommes tous connectés, mais la plupart des gens ne s›en rendent pas compte. Sans transmission, nous nous flétririons comme une fleur privée de soleil et de pluie. Tout ceci fait partie de notre responsabilité. »

Anna se leva et défroissa sa robe. «Nous ne nous reverrons plus. J'ai maintenant vingt-cinq ans et, comme les autres avant moi et comme celles qui viendront, je dois m'en aller. Le printemps va arriver. Nous restons connectées, comme toujours. »

Teresa resta assise sur le banc tandis qu'Anna s'éloignait.

CHAPITRE VINGT ET UN

~ *Tu es l'épice du Safran* ~

Le renouveau du printemps arrivait à l'heure. La lumière était plus intense, plus claire. Seize filles étaient assises en cercle autour de la Madre dans l'un des petits patios. Le bruit de l'eau de la fontaine emplissait l'air du matin. On entendait quelques oiseaux gazouiller tandis qu'ils voletaient en duo. Un rayon de lumière vint caresser les genoux de la Madre qui était installée sur sa chaise, les yeux clos, le visage serein. Puis, elle regarda longuement tous ces jeunes visages alignés devant elle.

«Le printemps est un moment spécial. Il l'est plus encore quand mes filles sont assises devant moi. Vous allez être la prochaine équipe de cueilleuses de safran. Mais avant de récolter, il faut d'abord semer. On ne peut rien collecter si on n'a pas semé. Le mois prochain, vous planterez les bulbes. Nous les récolterons à l'automne. D'ici là, nous nous réunirons régulièrement. Vous êtes maintenant prêtes à semer les graines, mais vous n'êtes pas prêtes encore pour la récolte. Je vous préparerai pour la moisson. C'est le travail de la Madre. »

Madame Aisha entra dans le patio avec une grande théière et une tasse de thé sur un plateau. Madame Pym la suivait avec un plateau encore plus grand chargé de seize tasses. La Madre saisit habilement la théière et, sans façons, remplit de thé chaud chacune des tasses. La dernière qu'elle remplit était la sienne.

Teresa approcha le nez de sa tasse, elle en huma le parfum chaud. Elle reconnut immédiatement l'odeur du jasmin. Elle ferma les yeux et but une gorgée. Son corps tout entier ressentit une chaude communion. Chacune buvait en silence, comme si elle reconnaissait une sorte de baptême inexprimé qui les reliait toutes. Cependant, au plus intime de son être inexprimé, Teresa savait qu'elle avait déjà été baptisée par la Madre.

Quand les tasses furent vides, Madame Pym les récupéra et partit tranquillement. Ses mouvements montraient bien qu'elle avait fait cela cent fois, pendant de nombreuses années. Tout était comme il se doit.

Tous les yeux et tous les cœurs revinrent à la Madre. «Nous sommes tous faits de lumière. Plus l'obscurité est profonde dans le monde, plus on a besoin de lumière. Une partie de cette lumière est fournie par le soleil et se reflète ici sur la terre. La plupart des gens n'en connaissent pas d'autre. Elle a son utilité, mais ce n'est pas la plus grande lumière. Il en est une autre qui vient du plus profond de nous-mêmes et qui a l'éclat d'une étoile différente. C'est de cette lumière qu'on a le plus besoin. Comme les poissons dans les profondeurs de l'océan que le jour n'atteint pas, il y a des endroits où il faut apporter cette autre sorte de lumière. C'est à nous qu'il revient d'apporter cette lumière plus grande dans le monde, au quotidien. Son déploiement commence au plus profond de nous comme une semence. C'est une part de la présence féminine cachée qui nourrit et maintient les schémas invisibles de notre monde. Quand nous le comprenons, nous voyons aussi que tout dans la vie est relié à cela. Nous pouvons nous laisser engloutir par le Grand Mystère. Et puis, une fois que nous avons été engloutis, nous devons être prêts à être démantelés, encore et encore, afin de dépasser enfin ce que nous croyons être. Nous avons alors la capacité d'être à la fois présents et absents. Être présent dans ce monde, tout en étant capable de se déplacer dans un autre espace, permet de se connecter à ce qu'on doit faire ici au quotidien. Cette connexion a maintenu le monde depuis que l'humanité a posé le pied sur la Terre. Et ce que nous faisons ne peut se réaliser qu'à travers une qualité très spéciale, unique, très féminine. Cette qualité de connexion est la puissance qui tisse nos espoirs et nos jours. C'est un chemin, notre chemin, il demande de la sincérité. Si vous n'êtes pas vraiment sincère - avec vous-même et avec elle - alors vous n'y arriverez pas. Les obstacles continueront à surgir, et seule la sincérité ouvrira la voie. L'amour s'écoule à travers la coupe de la sincérité. »

Une énergie différente s'était manifestée ce jour-là, elle avait imprégné le patio où les filles étaient installées. Elle les avait rassemblées, fusionnées en une unité. Si elle repense à ce moment, Teresa savait que tout avait vraiment commencé à cet instant, avec cette conversation. Elle se souvint des derniers mots de la Madre ce jour-là…

«Chacune de vous va maintenant devenir l›épice du safran. S›il existe un secret, le voici : l›épice et vous n'êtes qu'une seule et même personne. Il en a toujours été ainsi et il en sera

toujours ainsi. C'est la voie des cueilleuses de safran. Bienvenue
au nouveau printemps de votre vie. Bienvenue à la maison. »

L'EPICE

L'épice de safran mélange les ingrédients. Elle ajoute quelque chose de spécial à ce qui est, pour créer autre chose. Le résultat est différent. L'épice est un catalyseur. Elle prend ce qui est là pour le refondre.

CHAPITRE VINGT DEUX

~ Si vous ne travaillez que pour vous -même, vous vous limitez ~

Teresa plongea les mains profondément dans le sol. Elle planta soigneusement les bulbes de safran dans leur lit, à quinze centimètres sous la terre. Puis elle plongea de nouveau les mains dans le sol. Dix centimètres plus loin, elle installa un autre bulbe de safran dans son lit de terre. Chacun des bulbes était sous sa garde. Chaque minuscule plante était devenue une extension de son moi. Là-haut, le soleil s'apprêtait à fournir la chaleur nécessaire. Teresa repensa à l'époque où la Madre l'avait elle aussi plantée en terre. Ses conseils avaient agi comme la chaleur du soleil. Teresa comprenait maintenant pourquoi cela était nécessaire. Tout cela faisait partie d'un processus destiné à développer le contact, la communication avec le safran. À moins d'en avoir fait l'expérience, on ne peut pas vraiment comprendre. Teresa sourit en se remémorant une des anecdotes de la Madre… «Un jour, un homme tombe du toit de sa maison. Sa femme sort en courant -« Je vais t'appeler un médecin tout de suite. »« Non! », répond l'homme, « pas un médecin. Appelle plutôt quelqu'un qui est déjà tombé d'un toit!»

Teresa riait en elle même. « C'est vrai, c'est bien comme ça que ça marche… »

Les seize filles s'affairaient aux champs, chacune affectée à un sillon particulier. Il y avait beaucoup de bulbes de safran à planter. *C'est beaucoup de semailles pour une si modeste épice.* Le crocus de safran était agréable à regarder avec ses petites fleurs couleur lilas. Mais sa véritable fonction était d'être la matrice de l'épice intime. Le plus grand contient le plus petit. Le plus grand n'est que l'aspect extérieur de l'essence. *Les gens aiment les jolies fleurs lilas, mais ils sont rarement attirés par l'épice.* Les mots de la Madre résonnaient dans sa tête tandis que Teresa plantait les bulbes de safran. Elle les plantait un par un. Elle en plantait beaucoup; ils étaient tous à la fois semblables et différents. Travailler aux champs dès l'aube, ce n'était pas facile. Pourtant, Teresa n'aurait voulu se trouver nulle part ailleurs à ce moment-là. Elle était à l'endroit juste, au moment juste, elle faisait ce qui était juste. Et cette prise de conscience - cette connaissance - imprégnait tout son être. Elle se souvint alors d'une autre phrase de la Madre: *la vraie liberté, c'est de ne pas avoir le choix.* Elle prenait maintenant tout son sens.

La journée avait été longue, le corps ressentait le poids de l'effort physique. En même temps, Teresa se sentait exaltée par le travail, et elle observait la même chose chez les autres filles. L'épuisement avait amené leur corps jusqu'à un état d'exaltation. On avait peu échangé tout au long de la journée, seulement aux pauses et à l'heure du repas. Sitôt la nuit tombée, le groupe de filles n'aspirait plus qu'à une douche et à se mettre au lit. Il existait entre elles un sentiment de communion inexprimé. Comme si chaque fille ressentait l'état de ses compagnes. C'est qu'elles partageaient la même expérience.

Restez ensemble, existez à travers le groupe. La première chose à retenir est que vos intérêts personnels ne sont pas le but. Si vous ne travaillez que pour vous-mêmes, vous vous limitez. Vous devez vous laisser utiliser par ce qui n'a pas de nom et qui connaît pourtant tous les noms… les mots coulaient dans l'esprit de Teresa quand elle se mit au lit.

Teresa vit la Madre en rêve. Dans son sommeil, elle se voyait marcher dans une rue inconnue. Même si elle ne savait ni où elle était ni où elle allait, elle ne se sentait pas perdue. Teresa regarda dans une vitrine, la Madre était là, devant elle, elle souriait. « Oh, la Madre, c'est si bon de vous voir! » La Madre s'approcha et serra les deux mains de Teresa entre les siennes, très fort. Puis elles se mirent à marcher ensemble de cette façon, leurs mains jointes. «La Madre, je sais que c'est un rêve. Mais je voudrais vous demander quelque chose : est-ce que j'en fais assez? Est-ce que j'avance? » La Madre continua à serrer étroitement les mains de Teresa. Sa présence et son énergie étaient si intimes, si chaleureuses. «Tu as vraiment besoin de me demander ça? Tu as les réponses… cherche les racines. »

Il faisait sombre quand Teresa ouvrit les yeux. L'aube n'était pas encore levée. C'était encore la nuit, mais déjà la nuit s'ouvrait au jour. Tranquillement allongée dans son lit, Teresa sentit une légère vibration dans tout son corps. Quelque chose en elle bourdonnait… comme une sourde vibration. Elle ferma les yeux et se parla intérieurement.

Quand elle ouvrit les yeux, la pièce était déjà en effervescence. Les filles se préparaient pour un départ précoce. Une nouvelle journée de plantation les attendait. C'était la deuxième. Il y en aurait trois. Trois jours de travail physique intense.

Pendant ces trois jours, la Madre ne s'est pas manifestée. Les filles devaient se concentrer sur leur travail. Et cependant, la Madre était présente dans toutes leurs pensées, à chaque instant de concentration et d'attention. Ces jours-là, l'esprit travaillait tout autant que le corps.

Cohérence et persévérance… on ne guérit pas l'ignorance par les méthodes les plus faciles…

Teresa était retournée à l'un de ces moments où, le soir, après le cours de gymnastique, elle écoutait une conférence de La Madre avec ses amies. Elle se souvenait clairement de ses paroles. Plusieurs fois, Teresa avait revisité ce souvenir, ces mots, leur signification. Ils la touchaient profondément. Ils étaient devenus comme une partie d'elle-même …

«… Chaque fleur a une essence et une qualité uniques. Une fleur peut avoir l'essence de la timidité, de la joie, de la richesse, de la mélancolie, de la majesté ou de la dignité. La fleur de safran a une essence très spéciale, c'est à vous de la découvrir. *Si vous parvenez à trouver la véritable essence de la fleur de safran, vous devez me la transmettre. Alors, un grand secret vous sera révélé.* Vous pouvez connaître l'essence d'une fleur en observant où va sa couleur. Par exemple, le jaune qui va vers le vert symbolise une «essence mentale» dans la fleur. La beauté des fleurs est qu'elles ne trompent pas, elles n'essaient pas de mentir ni d'induire en erreur. Et surtout, elles ne se font pas d'illusions. Elles sont exactement ce qu'elles sont. Elles affichent leur essence aux yeux de tous : les humains, les oiseaux, les abeilles, les arbres et la nature tout entière. Elles sont exactement ce qu'elles sont. Elles vivent dans leur essence. De cela, nous avons beaucoup appris. Les gens se rebellent contre leur nature essentielle, consciemment ou inconsciemment. Qu'ils prononcent mille mots ou un seul, chaque fois qu'ils parlent, ils s'éloignent de l'essentiel. Qui suis je? Comment mieux me connaître, comment devenir une meilleure personne? Comment me développer?… Que signifie tout cela pour l'homme ordinaire? Ce sont des concepts abstraits, au mieux des vœux pieux. Pourtant ce sont des questions essentielles. Ce sont les étapes qui permettent de progresser vers la connaissance de notre essence. Faute de nous y atteler, tout ce que nous faisons dans la vie n'est que fragment… Un fragment de qui nous sommes vraiment. Observez les fleurs et laissez-les vous instruire. »

A nouveau, Teresa plongea les mains dans la terre, dans l'âme. Elle voulait si profondément comprendre l'essence de la fleur de safran. Elle imaginait le jour où elle pourrait murmurer sa réponse dans l'oreille de la Madre.

CHAPITRE VINGT TROIS

~ Le bénéfice d'un don dépend de la conscience de celui qui donne ~

Après la dernière plantation, les filles se reposèrent toute une journée. Malgré l'épuisement, le groupe ressentait une énergie vibrante. Le groupe des seize filles était réparti en quatre dortoirs. L'un d'eux était la chambre que Teresa partageait avec Tibia, Alicia et Abigail. Il existait maintenant une nouvelle proximité entre les quatre dortoirs, comme si la plantation les avait réunies d'une manière tacite. On sentait qu'on partageait maintenant quelque chose d'unique, parfaitement compréhensible au-delà des mots. On partageait bien plus que la salle de bain commune.

Le lendemain, toutes les filles furent convoquées à une réunion avec la Madre. Comme elles étaient trop nombreuses pour entrer dans ses quartiers privés, on les avait fait venir dans une salle d'étude adjacente à la bibliothèque. À leur arrivée, la chaise de la Madre était déjà prête, avec sa table et sa théière désormais familières.

« Merci à vous toutes d›être venues. Je sais que vous devez être fatiguées après le travail aux champs. Et pourtant, je suis sûre qu'il vous reste encore assez d›énergie. »La Madre ne fit qu'un léger sourire, mais il était évident pour Teresa qu'elle savait exactement ce qu'elles ressentaient. Teresa se demanda aussi si elle pouvait ressentir cette vibration chez elles. Sûrement, cela devait sauter aux yeux ?

« Comme vous pouvez toutes le sentir », poursuivit la Madre, « nous venons d'entrer dans une nouvelle phase. Jusque là, nous tenions nos rassemblements les mardis et jeudis après les cours de gymnastique. Ce ne sera plus le cas. Ces rassemblements seront maintenant réservés à celles qui viennent derrière vous, elles mettent leurs pas dans les vôtres. Maintenant, la vague se déplace le long du rivage et nous amène là où nous en sommes. Nous avons planté. Ce qui vous attend maintenant, c'est de préparer la récolte. Nous sommes au printemps, la récolte vient en automne. Si vous voulez devenir cueilleuses de safran cette année, nous avons peu de temps et beaucoup à faire. Alors maintenant, nous commençons une série de ce que j'appellerai les «réunions d'épices». Pardon pour ce titre, je n'ai pas trouvé mieux, alors je le garde. Pourquoi compliquer les choses? » Cette fois, La Madre eut un sourire que chacune put recevoir. Teresa regardait avec attention. Elle observait non seulement les mots et le comportement de la Madre mais aussi le sens de sa présence. C'était comme si chacune de ses actions était soigneusement orchestrée. Elle ne laissait rien au hasard. Même ses sourires, pensa Teresa, arrivaient à des moments précis.

La Madre s'arrêta de parler et parcourut toute la pièce d'un regard attentif. Elle regardait et reconnaissait chacune des filles. Enfin, toutes sauf Teresa. Exprès. C'était comme si elle disait à Teresa - «*Regarde-moi. Observe-moi.* » C'était aussi évident que les rayons d'une journée d'été, pensa Teresa. Aussi évident que la présence de la lune au-dessus de nous.

« Nous sommes tous des enfants de la lune. »

Le cœur de Teresa bondit presque. Cette connexion ... une fois encore...

«Et c'est comme des enfants de la lune que nous nous réunirons ici, à chaque nouvelle lune et à chaque pleine lune. Et comme vous commencez à le comprendre, la cueilleuse de safran est une enfant de la conscience lunaire. Nous devons en être bien conscientes. La cueilleuse de safran ne fait pas que récolter, plus important encore, elle donne. Donner a un bénéfice qui s'accorde avec la conscience de celui qui donne. La conscience avec laquelle nous travaillons est le principe qui sous-tend les relations par lesquelles se relient les dimensions visibles et invisibles de la vie. C'est un principe sacré - une énergie fertile - qui se régénère à travers la nature et à travers nos cultures humaines. C'est une force instinctive, une force vivifiante, qui est nourricière, compatissante, bienfaisante; mais elle peut aussi devenir une force de destruction puissante dans la nature. L'essence de l'épice est une transmission sacrée et vivante sans édifice religieux, sans structure formelle, sans institution terrestre. Elle se transmet par le cœur et l'esprit des gens. Et lorsque les gens sont rassemblés, ou dans la correspondance et la communion, ils sont connectés à l'essence d'épices qui donne une âme au monde. Le cueilleur de safran non seulement observe mais participe également à cette force vivante, en l'appliquant consciemment au monde qui l'entoure. L'essence de l'épice, la transmission vivante, ne peut passer qu'à travers des individus réceptifs à sa présence. Nous sommes réceptifs - nous sommes lunaires - et cette énergie se manifestera dans nos façons de penser, de ressentir et d'imaginer. Elle transparaîtra dans nos actions, nos vies et dans nos façons d'être. Et cela va se propager et nourrir nos cultures - et pourtant tout commence par une seule goutte. » La Madre s'accorda une minute de silence. «Ce fut notre première *réunion d'épice*. Et oui, nous sommes sous une nouvelle lune.»

Une odeur de thé au jasmin traversa la pièce.

CHAPITRE VINGT QUATRE

~ Notre but est de transmettre sans distordre ~

Teresa s'était bien adaptée à ses nouvelles routines et à ses responsabilités quotidiennes. Les filles faisaient maintenant partie des «grandes», peu importe comment on les appelle. Il n'y avait pas de nom pour ça. Les choses avaient changé, voilà tout. Beaucoup de leurs responsabilités antérieures, telles que la préparation du petit déjeuner et le nettoyage de la cuisine, étaient maintenant confiées aux filles qui étaient arivées après elles. Tout cela semblait aussi naturel que le cycle des saisons. Une saison chasse l'autre, et la vie continue. On avait confié à Teresa et Tibia la responsabilité de la bibliothèque tandis qu'Alicia et Abigail s'occupaient de la «réception». Autrement dit, elles géraient les différents types de relation que l'orphelinat entretenait avec le reste du monde. Cela comprenait la réception des invités, l'organisation de visites pour les filles et les liens avec les contacts locaux. En apprenant leurs nouvelles attributions, Tibia avait froncé les sourcils et regardé Teresa. Elle trouvait qu'on lui avait confié les tâches les plus ennuyeuses, car Teresa l'entraînait tout le temps à la bibliothèque. Teresa, quant à elle, savait que ces attributions avaient été mûrement réfléchies.

« Je suppose que nous avons une prédilection pour la bibliothèque. » Teresa hochait la tête ce qui faisait souvent soupirer Tibia.

« Eh bien, je suppose que tu dois avoir aussi une prédi… truc pour manger des dictionnaires! »

Tibia fit la moue, Teresa lui adressa un clin d'œil. Il y avait entre ces filles si différentes une amitié harmonieuse.

Les seize filles, étaient souvent choisies par la Madre pour la collecte du safran. Elles avaient de nouveaux horaires de lecture et d'étude. On en avait fini avec les romans classiques ; en fait, beaucoup de filles les trouvaient trop long. Maintenant, elles lisaient un mélange de psychologie moderne, de sciences sociales, d'histoire, de sciences naturelles et de philosophie. Pourtant, elles devaient se rendre compte plus tard qu'elles ne lisaient pas toutes les mêmes livres. On avait prescrit à chacune un ensemble d'ouvrages spécifique. Semblables… et différentes. Et puis il y avait aussi les textes qui ne se trouvent pas dans les livres ordinaires. Ils se présentaient sous forme de livrets à tirage privé. De quoi traitaient-ils ? Euh… de … eh bien… *d'une manière différente de voir la vie et les choses*, disait Teresa.

C'était Madame Morag, la bibliothécaire en chef qui supervisait Teresa et Tibia. Tibia la surnommait le «livre incarné». Madame Morag faisait plutôt profil bas par rapport aux autres Dames de la maison du Safran. Elle était petite, mince et plutôt délicate. Elle nouait en chignon ses cheveux grisonnants. Elle était assez modeste. Elle parlait doucement d'une voix chantante, elle chuchotait presque. Elle ne parlait qu'en cas de besoin, toujours avec économie. Ses petits yeux verts étaient doux mais attentifs. Teresa l'avait tout de suite aimée.

Madame Morag leur avait montré le fonctionnement de la

bibliothèque ainsi que toutes les tâches à accomplir.

Elle avait terminé son introduction en disant : « Bien sûr, ce n'est pas une bibliothèque où on se contente de stocker des livres inertes. Oh non, nous maintenons ici la tradition de la transmission. »

Les deux filles avaient regardée Madame Morag, sans bien comprendre où elle voulait en venir. La vieille dame entra dans une arrière-salle et ses deux nouvelles assistantes la suivirent. La pièce sentait l'âge et le temps. Teresa sentit que cet endroit-là traversait des époques différentes, comme un canal vivant. Les murs de pierre étaient couverts de casiers en bois qui s'empilaient jusqu'au plafond.

«Bois, pierre, papier. Le papier enveloppe la pierre, les ciseaux coupent le papier », dit Mme Morag en faisant les gestes bien connus. «Mais la pensée? La compréhension? La connaissance? Elles traversent tout parce que leur existence transcende les objets matériels qui leur servent de support. Les mots aussi sont des véhicules; peut-être les plus mal compris de notre histoire. Et pourtant, il y a tant de choses qui sont plus puissantes que les mots. Les pensées, par exemple. Les mots peuvent susciter des pensées, et vice versa, mais lorsque les pensées sont projetées sous forme de mots, leur pouvoir se dilue. Les mots sont dangereux car ils ouvrent sur des malentendus, des abus et des manipulations délibérées. Pourtant, ce monde où nous nous trouvons est très porté sur la parole. Il est difficile de percevoir la qualité des pensées d'une personne, mais il d'autant plus nécessaire de le faire. Il nous faut ici faire un usage très réfléchi et très prudent des livres. La bibliothèque est bien autre chose qu'un endroit ennuyeux. » Mme Morag ponctua ces mots d'un bref coup d'œil à Tibia, qui faisait l'innocente. Elle caressa doucement des doigts le dos de plusieurs livres avant d'en choisir un. Elle remit ce mince ouvrage à Teresa.

Teresa en lut le titre, hocha la tête et le rendit à Madame Morag. Elle avait compris le message.

«Parfois, la fonction d'un livre nous est transmise par son seul titre. Ou bien, il n'y a qu'une seule phrase dans tout le livre qui soit opérationnelle et remplisse sa fonction. Un livre peut être le livre du livre, ou bien il peut inviter le lecteur à savoir exactement comment savoir. Les livres portent les mots, mais leur véritable fonction est de véhiculer des pensées. Un livre peut fonctionner comme un vecteur de schémas de pensée intentionnels. Il peut aussi servir à susciter certains modes de pensée, ou à démanteler des schémas bien ancrés chez une personne. A quoi sert une chose qu'on ne peut pas transmettre ? »

« Les livres sont comme des fleurs. » Teresa avait parlé très bas. Mais pas encore assez bas.

Madame Morag ne répondit pas. Elle montra silencieusement aux filles où se trouvaient les tiroirs qui contenaient les clés des étagères verrouillées. Elle les conduisit ensuite au bureau des archives pour leur montrer comment enregistrer tous les livres entrants et sortants.

« Oui, bon, il y a aussi des aspects ennuyeux. »

Tibia sourit. Elle aussi aimait Madame Morag. «Pourquoi n'avons-nous jamais fait de devoirs avec vous, Madame Morag? On ne vous a pas vu beaucoup jusque là. »

La vieille dame opina doucement. « Oui, c'est parce que je ne travaille pas avec les plus jeunes. Elles ne croisent mon chemin qu'après avoir reçu les consignes du matin... » Elle eut presque un sourire.

Alors qu'elles s'apprêtaient à quitter le bureau, Mme Morag donna à chacune un signet fait à la main. Il était orné d'une fleur séchée, une fleur de safran.

«La transmission à laquelle nous participons exige de nous que, même si nous agissons de manière indépendante, nous n'en restions pas à un effort individuel. L'effort individuel n'est qu'un des nombreux moyens d'action. Certaines forces agissent sur nous, d'autres à travers nous. Ces forces ont plus de puissance si nous collaborons. Notre objectif est de transmettre sans distorsion, faites-en *votre* effort personnel. »

En quittant la bibliothèque après cette intronisation, les deux filles sentirent comme un bourdonnement dans leur corps. Aucune des deux n'en dit mot.

Au moment des repas, toutes les filles de la maison du Safran mangeaient ensemble, des petites de cinq ans aux plus âgées. Teresa et les filles de son âge avaient maintenant commencé à tisser des liens. Elles s'étaient mises tout naturellement à manger ensemble, toutes les seize. C'était nouveau. Béatrice, une fille de l'âge de Teresa appartenait à un autre dortoir et pourtant, récemment, les deux filles s'étaient rapprochées. Tout naturellement, Béatrice avait commencé à parler avec Teresa pendant les repas. Elle était très pragmatique, un peu brusque, et pourtant Teresa remarqua qu'elle était très observatrice. Béatrice était plutôt grande pour son âge. Elle avait un corps solide et bien bâti. Aux cours de gymnastique, Teresa avait remarqué qu'elle était la plus forte. Ses cheveux noirs, lui tombaient sur les épaules et lui donnaient un visage fort, mais sans dureté. Béatrice était le plus souvent accompagnée de Simone, sa colocataire. Simone était bien différente, plus petite, le visage arrondi encadré par des cheveux auburn plutôt négligés. Elle avait un an de moins que les autres. Elle était rondelette. Ce qui différenciait Simone de Béatrice, c'était son visage toujours souriant. Sa colocataire, sérieuse, affichait une apparence plus sobre.

Tout au long du déjeuner Teresa avait trouvé Béatrice songeuse. Finalement, elle la regarda en haussant les sourcils, ce qui lui donna un signal.

« Il y a quelque chose de différent ici maintenant, tu ne trouves pas? »

« Je ressens beaucoup de choses différentes », répondit Teresa. « Tu parles de quelque chose de spécifique? »

« Je veux dire ici, dans cette salle à manger. Ce n'est plus comme avant. C'est un peu comme si nous étions déconnectées. Que penses-tu des autres personnes présentes ici, à part nous seize ? »

Teresa savait que Béatrice avait raison. Elle l'avait senti elle aussi. Ce sentiment ne s'était développé en elle que depuis les jours de la plantation. C'était comme si elles s'étaient éloignées des autres, surtout des plus jeunes. Ici, dans la salle à manger, c'était encore plus évident. Elles avaient beau être toutes réunies, on sentait un réel détachement.

« Oui tu as raison. Je l'ai senti aussi. Nous sommes devenus différentes des autres. Peut-être que c'est en devenant cueilleuses de safran? »

Simone et Tibia écoutaient la conversation.

« Eh bien, cela expliquerait pourquoi les grandes nous ont toujours paru si distantes! » Le commentaire semblait ironique, mais le visage de Béatrice restait impassible.

« Eh bien, où que nous allions, nous sommes certainement

plus avancées maintenant », ajouta Tibia.

« Oui, tout est devenu beaucoup plus intense maintenant. » Teresa regarda ses amies : elles étaient toutes d'accord.

« Même la lecture est plus intense, whaou! » Simone secoua la tête avec un faux air d'exaspération.

Teresa sourit. «Bien sûr. Elle est dense maintenant. Intense jusqu'au bout… »

CHAPITRE VINGT CINQ

~ La bonté se trouve en toutes choses, qui la cherche la trouve ~

Avec la fraîcheur de ce matin de printemps, le sol était encore couvert de rosée. Les filles allaient bientôt entrer dans les champs pour arroser les plants de safran. Ouverts aux rayons du soleil, les lits de safran avaient vraiment besoin d'eau. Ils s'étendaient sur un sol limoneux bien drainé. Les filles devaient être attentives car la terre ne conservait pas l'eau.

Quand Teresa rentra des champs avec les autres filles, elle vit Madame Aisha, près d'une des portes extérieures. La vieille dame lui fit signe de venir. A ce qu'on lui avait dit, la Madre voulait voir Teresa et ses colocataires. Elle les attendrait dans ses quartiers privés, sitôt la vaisselle finie. C'était inattendu. Teresa regarda ses colocataires autour d'elle.

Teresa remarqua immédiatement la différence. Sur sa table, il n'y avait pas de thé pour la Madre. Sinon, dans ses quartiers privés, tout était comme d'habitude. Teresa se dit que la visite ne serait pas longue.

La Madre se leva pour saluer les quatre filles, Alicia, Abigail, Tibia et Teresa. Elle leur fit signe de s'approcher. Personne n'avait dit mot depuis leur entrée. Le petit groupe était très resserré. Pourtant, la Madre les resserra encore jusqu'à ce qu'elles soient vraiment étroitement collées les unes contre les autres. Les cinq femmes, jeunes et moins jeune, formaient maintenant un petit cercle étroit. Elles rapprochèrent leurs têtes jusqu'à ce qu'elles se touchent. Puis, la Madre entoura le groupe de ses bras. Elles gardaient le silence. Elles partageaient cette étreinte. Le temps était suspendu. C'est du moins ce que les filles rapportèrent après coup. Enfin, la Madre retira ses bras et les filles reculèrent, rompant le cercle.

«De mon cœur jusqu'au vôtre, j'ai tiré un fil doré invisible comme une étamine. Tout comme nous récoltons le safran, nous allons maintenant recueillir nos propres pensées. Désormais, nous devons toujours rester en contact. Nous nous retrouverons régulièrement ici, seulement avec vous quatre. »

« Et les réunions d'épices avec les autres? », demanda Abigail.

«Elles vont continuer. D'autres réunions seront nécessaires; il n'est pas de filles ni de groupes qui soient pareils. Ces petites réunions développeront notre connexion.»

« Les autres dortoirs ont aussi leurs réunions? »

La Madre regarda Alicia et lui sourit.

«Ma chère, ne te préoccupe pas des autres. Inutile de comparer. On ne compare pas les différents ingrédients d'un plat. Nous avons dépassé le stade de la généralité. »

Teresa saisissait la vérité dans les mots de la Madre. Pendant toutes ces années, leur seul contact avec elle avait été les grands rassemblements du mardi et du jeudi. Toutes les filles pouvaient y participer si elles le souhaitaient.

«Merci pour votre temps et votre attention», dit doucement Teresa. « Nous réalisons combien nous avons pris de votre temps nous, les filles. »

La Madre eut un doux sourire. « C'est bien là le problème, n'est-ce pas? Vous êtes tout mon temps, ensemble et individuellement. Je ne peux pas faire avec un grand groupe ce que je fais avec un plus petit. Et on ne parle pas à un groupe d'adolescentes comme à des filles de sept ans. On ne plante pas le safran en hiver; on ne le récolte pas non plus au printemps. Le soleil ne pleut pas et la lune ne fournit pas sa propre lumière. Chaque chose en ce monde donne selon ce qu'elle peut. Nous devons approcher chacun selon ses capacités et sa nature essentielle. Ce n'est pas du vaudou, très chères, c'est la science du cœur. »

«Et le fil d‹or dont vous venez de parler…? »
La Madre rit doucement, plus détendue.
« Ah, Tibia-la-curieuse! »
Tibia rougit. Mais à l'évidence, elle attendait toujours sa réponse.

« Curieuse et déterminée… » poursuivit la Madre. «Ce fil d'or invisible, je l'ai planté dans vos cœurs le jour de votre arrivée. Dès notre première rencontre, j'ai planté en vous une graine qui grandit chaque jour. Chacune ici apportera un jour sa part de fil dans la tapisserie. Dès lors, nous contribuons, nous participons à l'ensemble du dessin, nous en connaissons les motifs. Nous sommes connectées les unes aux autres de manière invisible. Nous emportons ce fil avec nous quand nous sortons dans le monde, si c'est le cas. Notre lien avec ce fil d'or nous rappelle constamment que la bonté s'enracine profondément en toutes choses. Qui la cherche la trouvera. »

Teresa sentit un frisson la traverser. Elle se demanda si les autres l'avaient ressenti aussi.

C'était étrange, presque mystérieux. Après cette rencontre dans la chambre de la Madre, il s'établit entre les seize filles une relation différente, plus forte, plus évidente. Teresa le ressentait, c'est sûr, et cela lui rappelait ce dont Béatrice avait parlé récemment à la salle à manger. Cette autre sorte d'énergie qui les traversait maintenant. Mais Teresa ne souhaitait pas y voir une simple « énergie », c'était trop grossier, trop simpliste. En fait, elle ne voulait pas l'enfermer dans un nom. C'était une sensation, une expérience, une connaissance. Teresa savait qu'on ne pouvait pas la communiquer par les voies habituelles.

« Encore en train de ruminer » dit Tibia en se mettant au lit.

Teresa ôta de ses longs cheveux le mouchoir à lacets blancs et le rangea dans son tiroir de chevet, comme elle le faisait tous les soirs.

«Hum», murmura-t-elle en écoutant qu'à moitié.

« Ça aussi, tu le fais toujours : Hum. » Tibia émit un murmure caricatural et pouffa de rire. Teresa lui sourit. Elle ressentait une profonde affection pour son amie.

« Je sais », dit Teresa. « Bonne nuit. »

CHAPITRE VINGT SIX

~ Un cadeau n'est qu'un outil dont chacun choisit l'usage ~

La pleine lune était venue. Comme le veut le safran, les seize filles étaient réunies en présence de la Madre. Il y eut un silence respectueux de communion. Chacune savait qu'elle s'étaient réunies pour quelque chose qui les reliait au-delà de l'amitié.

Ce n'était pas une prière. Cela ressemblait plus à une connexion intérieure avec le fil d'or, un nœud qui s'attachait à chaque cœur de manière différente. Quand le silence fut rompu, la Madre but une gorgée de thé et prit la parole.

«Les gens sont très ignorants sur eux-mêmes. Ils peuvent être aveugles sans le savoir parce qu'ils sont aveuglés par une lumière qui leur fait détourner le regard. A cause de cette cécité, bien des gens ne se connaissent que par le nom qu'on leur a donné et qu'ils portent toute leur vie. Si on les poussait un peu, ils auraient du mal à se distinguer vraiment des autres dont ils partagent les attitudes et les opinions. Mais ce genre de personne se protègent de cette compréhension. Le choc de savoir perturberait grandement leur équilibre mental et émotionnel. Alors, ces gens continuent à s'identifier et à s'individualiser à travers le prénom qu'ils portent. Quand on leur demande qui ils sont, ils répondent par leur profession. C'est une question des plus troublantes pour eux. C'est pourquoi ils ne peuvent y répondre que par une fonction ou un prénom. Pourtant, leur identité réelle demeure un mystère pour eux. Telle est la condition partagée par bien des humains. Cela nous inquiète un peu. »

La Madre s'arrêta pour boire une autre gorgée de thé. Quelques filles bougèrent un peu sur leur siège. Mais la salle d'étude demeura immobile.

«La raison, cette chère raison ! Elle est à la fois une bénédiction et une malédiction pour l'être humain. Un cadeau n'est qu'un outil dont chaque personne doit choisir l'usage. D'une manière générale, on considère la raison comme l'apogée de la pensée humaine. Pour le monde dans son ensemble, elle représente la quintessence de la pensée humaine. Pourtant, la raison est comme une paire d'yeux secs qui ne peuvent pas pleurer. Il lui manque le sentiment de la partie de nous la plus profonde. La vie humaine ne se limite pas à un squelette, à des os secs. Elle est bien plus que ça. Il faut intégrer tout ce qui fait la chair d'un être humain. Pourquoi devrions nous chercher au-delà de notre compréhension de la connaissance humaine ordinaire. La raison ne nous oblige pas à le chercher. Elle ne peut fournir aucune «raison» pour une telle recherche. La raison dissimule souvent la prise de conscience que certaines personnes recherchent réellement sans le reconnaître en elles-mêmes. Les gens ne perçoivent pas le schéma d'une recherche, le désir, qui se tisse dans leur vie quotidienne. Malheureusement, il faut souvent une tragédie ou une catastrophe pour qu'une personne s'ouvre, reconnaisse son état et se mette en quête de réponses. Nous vivons toute notre vie avec des questions que, souvent, nous ne remarquons pas. Nous les laissons sommeiller en nous. Combien d'entre nous se sont honnêtement et véritablement posés la question - «pourquoi suis-je ici?» »

La Madre s'arrêta de nouveau et regarda autour de la pièce les seize visages et les trente-deux yeux.

« Vous êtes-vous demandé pourquoi les événements ont pris cette tournure, pourquoi vous vous êtes retrouvées ici? »

Une fois encore, le silence tomba sur la salle d'étude.

« Oui, bien sûr, nous nous le demandons. » La voix de Teresa rompit le silence et la tension retomba soudain. «Ce serait étrange si nous ne nous interrogions pas sur de telles choses. Pourtant, personnellement, plutôt que d'inventer une réponse pour me satisfaire, je préfèrerais attendre jusqu'à atteindre l'endroit où je trouverai vraiment ces réponses. »

Tibia chatouilla Teresa dans les côtes. Elle était contente que quelqu'un ait dit quelque chose. De plus, elle était heureuse que ce soit Teresa, une raison supplémentaire d'être fière de sa meilleure amie.

La Madre hocha la tête avant de poursuivre : «La curiosité et l'orgueil ne sont que deux éléments largement répandus dans notre monde. Pourtant, ce sont les dernières de nos préoccupations. En fait, ce dont le monde souffre le plus n'est pas actif mais passif. Il s'agit de l'inertie. Notre quotidien baigne dans l'inertie, elle est partout, elle nous envahit, nous devons en être conscientes et rester prudentes. Il faut se prémunir contre l'inertie. C'est une énergie, un état dans lequel les gens tombent trop facilement. Elle enveloppe les foules et les fait tourbillonner. Comme je vous l'ai déjà dit, *allons de l'avant*, évitons de tourner en rond. Le type d'énergie auquel vous allez vous identifier marquera plus que votre personnalité. Il aura un impact sur votre futur. Ces chemins-là ne sont pas gravés dans la pierre, comme on aimerait à le croire. Tous les chemins sont ouverts et s'adaptent aux circonstances, aux décisions et aux chances qu'on a su saisir, ou qu'on a ratées. Il ne suffit pas de reconnaître l'inertie nous devons nous prémunir contre elle. »

La Madre but une autre gorgée de thé.

« Comment reconnaît-on l'inertie? » Cette fois, c'était à Béatrice de prendre la parole.

La Madre réfléchit à la question en croisant les mains. «Parfois, nous reconnaissons les choses à leurs effets. Et, plus souvent qu'on l'imagine, ces effets sont contraires à leur cause. En ce qui concerne l'inertie, ses effets se manifestent souvent par un excès. La société manque de discipline face à ces manifestations d'inertie que sont le désenchantement et l'ennui, cette regrettable maladie culturelle. Le désenchantement et l'ennui peuvent se changer en une énergie dangereuse, qui aspirera la personne jusqu'à en faire un fruit desséché. » La Madre eut un sourire. «C'est la raison pour laquelle la vie a toujours besoin de l'épice de safran. Notre épice est un merveilleux antidote aux charmes disharmonieux du désenchantement. » La Madre se balança sur sa chaise et s'accorda un petit rire. Aucune des filles ne comprit vraiment la plaisanterie. Tibia confia à Teresa que la Madre souffrait d'une maladie culturelle qu'elle appelait «plaisanterie privée». « Mais que cela reste entre nous… une plaisanterie privée », ajouta Tibia avec un clin d'œil.

« Vous croyez que cʼest vrai? »

Toutes filles du dortoir regardaient Abigail.

« Quʼest-ce qui est vrai? », demanda Alicia.

« Ce que la Madre a dit à propos de la discorde qui commence par lʼhumanité, avant de sʼinfiltrer, comme elle dit, dans tous nos échanges ? »

« Pourquoi pas? »

«Je trouve ça vraiment dommage, cʼest tout. Pourquoi voudrions-nous créer une disharmonie? » Assise sur son lit en chemise de nuit, Abigail jouait avec ses longs cheveux blonds.

« Je ne crois pas quʼelle veut dire que lʼhumanité crée la disharmonie de façon consciente et volontaire », répondit Teresa. «Simplement, lʼessentiel de ce qui passe à travers nous nous échappe. Une grande partie de ce qui arrive dans le monde relève de notre ignorance plutôt que de nos intentions délibérées. »

« Cʼest vrai », ajouta Tibia. «La nature nʼagit pas par la raison; elle fonctionne plutôt à lʼinstinct. Cʼest pour ça que la Madre dit que la discorde et le déséquilibre ne lui sont pas naturels. » Tibia interrogea Teresa du regard. Cʼétait bien ça ?

« Ouais, on dirait quʼune grande partie de la disharmonie dans le monde est une manifestation subconsciente dʼun vide intérieur ou dʼune inquiétude de lʼhumanité. » Teresa se glissa dans son lit, non sans avoir retiré le mouchoir en dentelle blanche, si précieux pour elle.

Abigail soupira. « Je me demande quand nous allons y entrer dans ce vaste monde sauvage ? »

« Bientôt, » répondit Teresa en se retournant sur son oreiller. « La dernière au lit éteint les lumières. »

CHAPITRE VINGT SEPT

~ Le sacré n'est pas seulement dans votre calme intérieur,
il est aussi dans tous les espaces intermédiaires ~

Teresa avait parlé de son idée à Madame Aisha qui l'avait ensuite transmise à la Madre. Apparemment, la Madre l'avait trouvée merveilleuse, elle avait autorisé la poursuite du jeu.

Teresa avait conçu une approche générale des règles du jeu mais elle souhaitait d'abord voir comment les choses allaient se dérouler. Les meilleures règles, selon elle, doivent être flexibles. C'est ainsi qu'un matin d'été, après le petit déjeuner et avant que le soleil ne soit trop haut dans le ciel, et que ses rayons ne deviennent trop forts, Teresa rassembla les quinze autres filles sur le terrain. Madame Pym, madame Celia et madame Morag les rejoignirent également avec quelques grandes. On allait jouer le premier match de *Softball du Safran* au Foyer. Teresa ne le savait pas encore mais ce moment prendrait bientôt un caractère historique dans les annales de la Maison.

Chaque équipe était composée de huit joueuses. Teresa décrivit le jeu comme une sorte de mini-cricket, à petite balle.

« Pourquoi ne pas jouer tout simplement au cricket », demanda l›une des filles.

«Parce que les règles du cricket sont figées. Et puis, au cricket, on ne te touche pas avec la balle. »

Les filles regardaient Teresa les yeux écarquillés.

« Eh bien, une balle molle, ça ne fera de mal à personne. »

Teresa expliqua les règles, autant que faire se peut. Tout comme au cricket, le terrain comporte un poteau à une extrémité. Le Foyer avait réussi à dénicher une sorte de batte de baseball en éponge douce. Chaque membre de l'équipe peut frapper la balle à trois reprises. Au troisième essai, il doit courir, qu'il ait réussi ou non. L'objectif consiste à atteindre l'autre côté du terrain tout en courant entre deux lignes blanches. Une course vaut un point. S'il effectue le retour, il marque un autre point. Pendant ce temps-là, l'autre équipe, qui ne batte pas, assure la défense. Son rôle consiste à récupérer la balle et à la retourner au lanceur, qui se tient à l'intérieur du terrain, ou à éliminer la personne directement. Pour sortir un joueur, il faut attraper la balle avant qu'elle ne touche le sol ou provoquer un contact entre le joueur et la balle. Normalement, ça veut dire qu'on lance la balle sur la personne, ce qui est difficile à mi-parcours, ou qu'on la lance au partenaire qui se tient au bout du terrain et qui tente alors d'atteindre le joueur avant qu'il n'ait franchi la ligne. Un juge de touche - en l'occurrence l'une des Dames - se tient à chaque extrémité du terrain pour compter un point à chaque fois qu'un joueur franchit la ligne. Si le lanceur frappe bien, il peut continuer à courir, peut-être trois ou quatre longueurs, jusqu'à la fin de la phase de jeu. Un juge ou un arbitre est chargé d'observer l'ensemble du match. Pour ce premier tournoi, c'est à Madame Morag que reviendrait ce rôle. L'arbitre compte les coups enregistrés par les juges à chaque bout du terrain. Il tient aussi le chronomètre. Chaque camp dispose de vingt minutes, puis on inverse les rôles et les frappeurs entrent sur le terrain pour se défendre face à l'autre équipe. Au total, le match dure quarante minutes et l'équipe gagnante est celle qui a marqué le plus de points. Voilà pour les règles de base. Et puis il y avait une part de notation flexible. C'était le truc qui pouvait varier à chaque match selon la façon dont on avait joué. Le juge-arbitre attribuerait aussi une note à chaque équipe en fonction de la façon dont elle a joué, c'est-à-dire en fonction de son comportement, de son attitude et de la gestion de l'équipe. L'équipe a-t-elle fait preuve d'esprit sportif envers son adversaire ? Les joueurs n'ont-ils pas jeté la batte en courant, se sont-ils comporté calmement ? A-t-on joué sur un mode organisé et ordonné ? Et ainsi de suite… Tous ces facteurs pourraient valoir des points supplémentaires à une équipe, et ce serait à l'arbitre d'en décider, sans qu'il ait à expliquer comment il les a attribués. De même, on pourra retirer des points pour un jeu désordonné, une mauvaise attitude, de la mauvaise humeur, des désaccords pendant le match, une désorganisation, etc. Et ainsi, on ne compterait donc pas seulement les points marqués par chaque équipe, mais aussi ces appréciations. La décision finale reviendrait à l'arbitre. Comme disait Teresa, «le jeu, c'est un peu plus qu'une batte et une course».

Et par ce beau matin d'été, on a joué le premier match de *safran softball* au Foyer du Safran. C'était très amusant, mais la discipline convenue obligeait les filles à être conscientes de leur jeu. Teresa était capitaine de son équipe et Béatrice de l'autre équipe: un dortoir de chaque côté. Le jeu était épuisant, il exigeait plus d›efforts que la plupart ne l›avaient prévu. Alicia et Abigail étaient complètement exténuées, tandis que Tibia se révélait être une vraie sportive. Pourtant, à la fin du match, après le compte des points officiels et des «points flexibles», il fallait bien qu'une équipe sorte vainqueur. C'était presque un match nul, mais pas tout à fait. Tout le monde applaudit. On se félicita, on s'embrassa très fort.

Madame Morag se dirigea vers Teresa. «Je suis désolée que ton équipe n'ait pas gagné. Surtout que c'était un match inaugural, et puis, c'est ton jeu. »

Teresa s'essuya le visage trempé de sueur. « Pas de problème. Je m'en fiche de perdre si le jeu a été équitable. Ça veut dire que nous serons d'autant plus heureuses quand nous gagnerons. Et puis, ce n'est pas mon jeu, il est à tout le monde. »

Tibia arriva en courant. «Fun-tastique! Quand est-ce qu'on rejoue? C'était comment, Madame Morag? »

«Eh bien, c'était une première intéressante. J'ai le sentiment qu'une nouvelle ère vient de s'ouvrir ici. » Madame Morag adressa un clin d'œil aux deux filles avant de s'éloigner.

Il y avait de l'excitation dans l'air ce soir-là dans le couloir du dortoir. Les filles commentaient le match et analysaient leur jeu. A l'unanimité, le *Saffron Softball* faisait un triomphe et on attendait le prochain match avec impatience. Dans la salle de bain commune, les filles échangeaient des idées avec leurs coéquipières, elles discutaient de la façon d'améliorer leurs performances lors du prochain match.

Tibia, enthousiaste, déboula dans le dortoir où ses colocataires allaient se mettre au lit.

« Elles se font appeler les Spice Girls! »

Alicia et Abigail jetèrent à Tibia un regard vide.

« L›autre équipe ... » dit Tibia, à bout de souffle. «Béatrice vient de l'annoncer dans la salle de bain. Elles veulent s'appeler

les Spice Girls et elle dit que personne d'autre ne portera ce nom.
Il nous faut aussi un nom pour notre équipe ! »

Les filles regardaient Teresa. Assise tranquillement sur
son lit, elle lisait un livre.

« Les Spice Girls! » dit Abigail avec un soupir. «C'est un
nom de dingue. Il faut être folles pour choisir un nom pareil! »

« C'est un cliché », ajouta Alicia.

« Eh bien? » demanda Tibia.

Teresa finit par lever les yeux de son livre. « Ça aussi, ça
passera. »

Tibia fronça les sourcils. Elle aurait espéré pour son équipe
un nom plus dynamique.

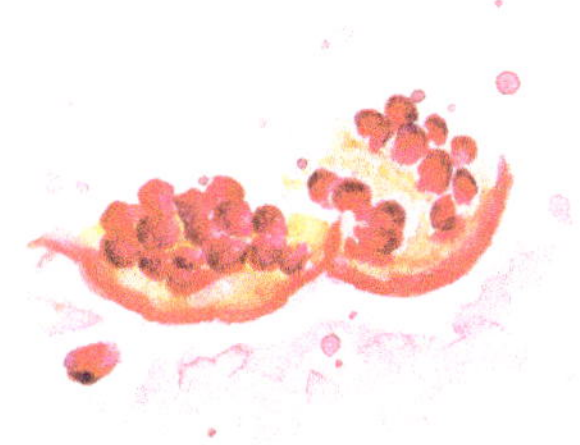

CHAPITE VINGT HUIT

~ Chercher la communion avec votre être essentiel ~

La nouvelle lune venue, comme le veut le safran, les seize filles étaient à nouveau réunies en présence de la Madre. Les semaines précédentes, l'apprentissage avait été intense. Teresa, allez savoir pourquoi, avait été invitée à se familiariser avec la gamme musicale. Etrange demande, mais Teresa trouva rapidement cette étude bien plus agréable que les sciences naturelles. Do ré mi fa sol la si do… Elle se promenait mentalement dans la gamme quand la Madre prit la parole.

«On a déformé le sens général du mot liberté. On en a fait une caricature d'envies et de désirs personnels, dont on a fait des besoins. La vraie liberté n›a rien à voir avec ça. Elle se démarque de ces réflexions imprudentes qui ont infiltré la conscience sociale de l'humanité. Si vous vous sentez seules en présence des autres, c'est signe que vous n'êtes pas encore pleinement connecté à vous-même. Vous devez rechercher une communion silencieuse avec votre centre, en vous. Cette source vous appartient, vous pouvez lui faire confiance. Votre liberté repose sur une vraie communion. Alors, vous pouvez vous retrouver isolées sans jamais vous sentir seules. Être seule tout en restant connectée, cela fait partie de la liberté que l'épice nous donne. Sans cette connexion, vous ne pouvez pas utiliser le pouvoir du silence. Sans le fil d'or, que feriez-vous du silence si je vous le donnais ? Comment bénéficieriez-vous du silence, comment aideriez-vous les autres à tirer profit? Le pouvoir du silence est un cadeau. Nous pouvons nous revêtir de ce beau cadeau et marcher dans le monde comme de véritables guerriers du cœur. Mais il vous faut d'abord apprendre à vous lier d'amitié avec votre silence. Faites-en votre compagnon. Votre centre aussi est votre compagnon. C'est un endroit au plus profond de vous qui ne connaît que la sincérité. Il vous connaît mieux que vous ne vous connaissez vous-même. Auprès de lui, vous ne pouvez ni vous cacher ni mentir. Quand une personne est en contact avec cet espace intérieur de sincérité, elle peut percevoir la psyché impersonnelle derrière toutes choses. Depuis ce centre, on peut entrer en communion avec l'énergie vivante qui imprègne notre monde, on peut entrer en communication avec l'intelligence du safran. C'est la vraie liberté. »

La Madre but une gorgée de thé et s'arrêta.

« La communication avec l'intelligence du safran nous aidera-t-elle à communiquer avec d'autres intelligences? », demanda l'une des filles.

La Madre acquiesça. «Nous devons apprendre comment les pensées humaines affectent le monde physique et psychique. Les pensées humaines, lorsqu'elles se manifestent dans certaines gammes, peuvent passer directement dans le monde à partir des individus et des groupes, sans avoir besoin de verbalisation. Cet effet est souvent bien plus puissant qu'on en a conscience car il reste hors de portée de la perception ordinaire. Les pensées positives, tout comme les pensées destructrices, peuvent créer des conséquences physiques et psychiques qu'elles soient volontaires ou non. De telles fréquences de pensée peuvent nous améliorer ou nous affaiblir. Une partie de la communication dans laquelle nous entrons consiste à observer et à réguler ces fréquences. »

Soudain, les do-ré-mi de Teresa prirent une nouvelle signification. Bien sûr, le pouvoir de la musique, du son… c'est une fréquence, une vibration. Une voix à l'intérieur de Teresa était instantanément devenue vivante et alerte.

«Si vous partez de très peu - en donnant d›abord le peu que vous connaissez - vous atteindrez une forme de compréhension plus fine que seule l'imagination créatrice connaît. Sur le chemin du safran, il n'y a pas de fausse contrainte, pas de force extérieure qui vous oblige à suivre notre chemin. C'est important de faire des efforts, mais vous perdrez votre concentration si vous vous forcez artificiellement. Ce que vous gagnez par un effort approprié, vous pouvez le perdre par un excès d'effort. Avec le juste effort, allez-y ! Soyez sans crainte. Ceux qui ont peur, auront peur partout. Ceux qui ont foi et confiance en eux resteront en sécurité où qu'ils aillent. Il n'existe qu'une seule vraie contrainte, elle vous tire de l'intérieur vers l'extérieur. Croyez-le bien et faites confiance à votre instinct qui vous parle, comme le safran parle à l'épice. »

Pendant la pause suivante, Simone fit signe qu'elle avait une question. D'un signe de la tête, la Madre lui donna la parole.

« Ces forces qui nous poussent de l'extérieur, quel est leur impact ? Est-ce qu'elles peuvent interférer avec notre communication spéciale? »

«Elles sont fortes et elles disputent un match. Elles essaient de vous faire passer leurs idées et de vous convaincre qu'elles sont réellement les vôtres. On peut dire que le monde est une sorte de jeu d'idées. Il est impératif de savoir quelles idées nous font agir. Faute de le savoir, la plupart des gens agissent au nom de ce que nous pouvons appeler des idées parasites. Si nous n'en avons pas conscience, ces idées nous sont imposées de l'extérieur. De grandes difficultés viennent de là. Dans un monde idéal, tout le monde devrait reconnaître ce jeu, mais on en est loin. C'est pourquoi je vous demande de prendre la responsabilité de votre énergie et de votre fréquence de communication. Si vous ressentez quelque chose ou si vous vous sentez connectées à une certaine énergie, il faut la reconnaître, il faut être le représentant de votre source d'énergie. Vous pouvez éventuellement paraître timide aux yeux des autres, mais ne le soyez pas en vous-même. Ne craignez pas cette source de communication énergétique en vous. Évitez tout ce qui ne sert qu'à vous déstabiliser ou à vous détourner de votre travail. N'essayez pas d'apaiser les forces qui agissent contre vous, contournez-les. Après tout, quand vous entrez dans un champ de fleurs de safran, vous choisissez d'approcher le plus beau safran plutôt que les mauvaises herbes, n'est-ce pas ? »

Le lendemain, Teresa et ses colocataires vinrent chez la Madre pour la rencontrer dans ses quartiers privés. Au début de la réunion, la Madre rassembla toutes les filles en petit cercle et plaça de nouveau ses mains autour d'elles, tandis que leurs têtes se touchaient.

C'est le fil d'or, c'est la trame qui nous réunit. C'est la voie du safran.

« L›été arrive», expliqua La Madre en se dirigeant vers la fenêtre. «La récolte approche à grands pas. La première année, c'est toujours un moment intense pour des cueilleuses de safran. Comment vont les études? »

Chacune leur tour, les quatre filles parlèrent de leurs études et décrivirent plus ou moins leurs journées. Pendant que les autres filles parlaient, Teresa observait la Madre, sa façon de les écouter et de leur répondre. Elle comprit assez vite que la Madre n'était que moyennement intéressée par ce qu'elles disaient. C'était comme si elle observait autre chose, comme si elle guettait quelque chose en chacune. Teresa sentait que, à travers ces réunions, la Madre s'intéressait aussi à leur qualité de présence, à leur être. C'est à un autre niveau que la Madre écoutait et répondait à chacune. Les mots, le discours, n'étaient qu'un écran de fumée, un camouflage.

«Oui, Teresa, les apparences extérieures cachent souvent autre chose. C'est bien ça que tu te demandes ? »
Teresa leva les yeux et sortit de sa rêverie. Elle n'avait pourtant pas posé de question…

CHAPITRE VINGT NEUF

~ Derrière des contradictions apparentes
se cache souvent une vraie entente ~

Une semaine plus tard, c'est ainsi qu'il en va chez les cueilleuses de safran, on organisa un deuxième match de *safran softball*. Mêmes équipes, mêmes filles dans chaque camp, on se préparait à un nouvel affrontement. Le jeu était le même, suivait les mêmes règles et la même manière «flexible» de gagner ou de perdre des points.

Béatrice s'approcha de Teresa, un large sourire sur le visage.

« Tu sais qu'on est les Spice Girls. »

« Ouais, on le sait. »

« Et vous, elle s'appelle comment, votre équipe? »

Teresa détourna la tête comme pour réfléchir. C'était un geste délibéré, un geste vide car elle connaissait déjà le nom qu'elle avait choisi pour son équipe. « Nous sommes les « Roses Bleues ».

Béatrice fit une grimace. «Les roses bleues? Qu'est-ce que

c'est que ce nom? Ça n'a rien à voir avec le safran, ni avec ce qu'on fait ici! »

Teresa eut l'air d'opiner. « C'est vrai. Et pourtant, ce qu'on a l'air de faire et ce qu'on fait vraiment sont deux choses différentes. »

Béatrice se mit à rire. « Quoi qu'il en soit, Madame Je-sais-tout, il n'y a pas de roses bleues dans la Nature . C'est une invention. C'est du pipeau! »

« Très juste ». Teresa sourit et rejoignit son équipe, les Roses Bleues

« Bizarre », marmonna Béatrice.

La partie était amusante. Les joueuses avaient tiré profit de l'expérience du premier match. Elles étaient plus rapides à reconnaître comment chacune lançait la balle et quel type de swing elle préférait. Certaines lançaient la balle vers la gauche, d'autres vers la droite. Certaines la lançaient très haut, au risque d'être mises hors jeu. D'autres préféraient la taper contre le sol pour ne pas être rattrapées. Cela signifiait que la balle parcourrait moins de distance mais, au cas ou elle les toucherait, elles seraient mises hors jeu.

Beaucoup de filles adoraient lancer la balle sur une adversaire dans l'espoir de l'atteindre. Peu de balles touchaient leur cible, et les autres joueuses devraient courir pour récupérer la balle. Avant la bataille, Teresa aligna son équipe. Elle les avait prévenues : il ne fallait pas jeter la batte avant de courir. Il fallait l'abandonner calmement. Elle avait aussi demandé aux Blue Roses d'applaudir chaque fois qu'une joueuse était éliminée, quel que soit son camp. « Soutenez toutes les joueuses », avait-elle dit. « On ne prend pas parti, pas dans le grand jeu. »

Par une douce matinée de ciel bleu, sous un soleil d'été,

les filles du foyer du Safran jouèrent une nouvelle partie. Chaque minute de jeu constituait une nouvelle expérience.

Béatrice serra Teresa dans ses bras en une étreinte joueuse. Simone et Tibia riaient, Alicia et Abigail regardaient, perplexes.

« Félicitations, c'est votre tour ! Vous avez gagné! »

« Ouais, la médaille Roses bleues», dit Tibia en riant.

« Les Spice Girls vous auront la prochaine fois, les petites fleurs! » Simone fit aussi un gros câlin à Teresa.

« Merci à tous, c'était drôle. » Teresa passa dans la salle de bain avant de retourner dans son dortoir.

Tibia, Abigail et Alicia vinrent s'asseoir sur son lit.

« Elles vont mettre le paquet ! », fit Alicia. « Les Spice Girls vont vouloir gagner la prochaine fois. »

« Oui. Et elles gagneront peut-être. »

« Qu'est-ce que tu veux dire Teresa? » Tibia fronça les sourcils, et son expression peu ordinaire fit rire Teresa.

« C'est bon, les Spice Girls sont plus fortes que nous physiquement. Elles ont des joueuses plus sportives. »

« Nous aussi, on est sportives! », protesta Abigail.

« Oui. Mais il ne s'agit pas seulement de force brute. Le *softball* comporte plus de niveaux que ça. On a gagné aujourd'hui parce qu'on était plus disciplinées. On n'a pas passé notre temps à essayer de frapper les autres joueuses avec la balle. C'est du temps perdu, parce que vous ratez presque à chaque fois ! Non, on a eu un jeu plus structuré. On a fait un plan et on s'y est tenu.

Toutes! On a travaillé en équipe aujourd'hui, comme une grande rose bleue, tandis que les Spice Girls jouaient en groupe de filles. Ça ne sert à rien de gagner si on ne peut pas agir et avancer ensemble, dans l'unité. »

Rappelez-vous le fil d'or, il nous relie toutes ensemble

Teresa ferma les yeux, elle avait sommeil, et elle sentait quelque chose en elle qui la tiraillait.

CHAPITRE TRENTE

~ Fais de ta réalité un rêve,
mais ne transforme pas tes rêves en réalité ~

La lumière de l'aube tomba sur les murs de pierre du vieux bâtiment majestueux. Teresa quittait la salle de méditation pour revenir par un des couloirs du rez-de-chaussée quand un rayon de lumière à travers l'une des fenêtres attira son attention. Le flash soudain et inattendu l'aveugla un moment. Elle s'arrêta pour regarder la lumière du soleil, elle murmurait dans un souffle les vers d'un de ses poèmes préférés : *Vieux fou si occupé, soleil indiscipliné, pourquoi nous appeler ainsi* à travers *fenêtres et rideaux,?*

C'est alors qu'elle aperçut la silhouette de la Madre. Elle était dehors, dans le patio près de la fontaine. Quelque chose dans son comportement, sa présence, interpela Teresa. La jeune fille sortit dans l'air frais du matin. Elle s'approcha de la Madre, qui n'avait toujours pas tourné la tête pour la reconnaître. Enfin, alors qu'elle était tout près de la vieille dame, celle-ci tourna la tête et fit un petit sourire.

« La Madre? »

« Ma chère enfant, approche ton visage, que je puisse le laver un peu. »

Teresa s'avança vers la fontaine et pencha la tête en avant. Elle sentit le doux contact des mains de la Madre qui pressaient l'arrière de sa tête. La tête de Teresa plongea dans l'eau froide …

… Elle sortit la tête de l'eau et prit une bouffée d'air frais. La lumière du soleil lui tombait sur les yeux, elle était aveuglée. Teresa essuya l'eau de son visage et vit le ruisseau qui coulait à ses pieds. Son cœur s'arrêta presque. Ce n'était pas là qu'elle était il y a un instant… Puis l'air s'emplit de rires. Teresa se retourna, elle était dans une prairie. Tout près de là, des gens étaient réunis comme pour un pique-nique.

« Viens soeurette ! »

Un bras saisit Teresa et la releva. Teresa regarda le visage de la jeune fille, les yeux s'écarquillèrent.

« Tibia ! Tu es là aussi! »

Tibia se mit à rire. « Evidemment, que tu es bête ! On est toutes là! Viens. »

Tibia entraîna Teresa par le bras vers le lieu de pique-nique où d'autres étaient en train de manger. Tandis qu'elles s'approchaient, Teresa commença à distinguer les visages, ils lui semblaient familiers.

« Tibia, qu'est-ce qu'on fiche là? »

Tibia eut un rire amusé : «On organise un pique-nique, bien sûr, comme d'habitude! L'eau aurait-elle emporté ta cervelle? »

Quand elles approchèrent de l'endroit où les autres étaient

assises sur un tapis, Teresa se sentit bizarre, décalée, de plus près, elle pouvait reconnaître les visages sans aucun doute.

« La Madre? »

« Ah, te voilà, Teresa. Je suis contente que ta sœur ait pu te ramener pour manger. Viens, assieds-toi. »

Teresa se tourna pour regarder Tibia. « Ma sœur? » Teresa se sentait désorientée, comme si elle s'était trompée de scène dans une pièce de théâtre.

« Mais, la Madre, pourquoi sommes-nous ici? »

La vieille dame se mit à rire doucement. «Ma chérie, qu'est-ce que c'est que ce drôle de nom? *Maman*, c'est bien; Je n'ai pas besoin d'appellations étranges. Maintenant, viens manger, avant que ton cerveau ne meure de faim. Tes cousines Alicia et Abigail sont venues nous voir aujourd'hui. »

Maman… mes cousines? Teresa s'assit devant deux filles aux cheveux blonds. Elles lui sourirent en mangeant leur sandwich.

«Je crois que tu t'es endormie, là-bas, près du ruisseau, Teresa. Tu as fait un beau rêve? »

-   Oui, maman, répondit Teresa faiblement.

Teresa les reconnaissait tous, mais le décor était différent. Ici, elles formaient une famille, mais ce n'était pas son monde. Ou bien le monde des cueilleuses de safran n'était-il qu'un aperçu d'un autre monde qu'elle aspirait à visiter, auquel elle voulait appartenir? Son désir de faire partie d'une vie plus grandiose avait-il poussé son imagination dans un rêve éveillé ?

Le temps restait suspendu. Teresa rentra chez elle avec sa nouvelle famille et tout le monde la traita comme s'ils avaient passé toute leur vie ensemble.

Les années passèrent, Teresa et sa sœur devinrent de belles demoiselles. Finalement, Tibia et Teresa se marièrent et fondèrent chacune leur famille. Teresa donna deux garçons à son mari. Sa mère vit exaucé son souhait de devenir grand-mère. Malheureusement, le père de Teresa n'était plus là pour jouer le rôle de grand-père. Mais Teresa était comblée par sa famille et par l'amour de son mari. Bien des années après ce jour du pique-nique si particulier, Teresa repensait encore à son rêve des cueilleuses de safran. Mais avec le temps, voilà ce qu'il était devenu : un rêve qu›elle avait fait près d›un ruisseau au printemps. Il lui avait paru si vivant, si réel. Et pourtant, il s'était évanoui dès qu›une autre réalité avait pris le dessus.

Teresa avait tant voulu continuer sa vie de cueilleuses d'épices. Elle y avait trouvé un sens. Bien que ce fut un rêve, il lui avait apporté du sens. Alors, elle n'oublia jamais ce rêve spécial ; sa vie au Foyer du Safran. Même si au fil des ans sa mémoire était devenue moins vive, elle ne pouvait pas vraiment l'oublier. Souvent, lorsqu'elle était loin de sa famille et de ses responsabilités, elle repensait à l'époque de l'orphelinat mystérieux. Mais ces pensées oniriques devinrent de plus en plus un fantasme à mesure que d'autres événements intervenaient dans sa vie. Sa mère mourut à un âge avancé. Ses deux garçons finirent par quitter la maison pour commencer leur vie d'adulte. Elle connut alors un grand vide.

Le temps passa. La banalité du quotidien devint la seule réalité pour Teresa. Quand son fils aîné mourut dans un accident à la ferme, elle fut durement affectée. Elle ne se remit jamais complètement du choc. Son mariage ne survécut pas à cet événement déchirant. Teresa finit par divorcer de son mari et alla vivre quelque temps chez sa sœur Tibia. Elle se sentait seule, incroyablement seule. Elle sentait aussi que, d'une certaine façon, sa vie lui avait échappé. Qu›était-il advenu de ses rêves de jeunesse? Toutes ces choses incroyables qu'elle aurait voulu faire? N'avait-elle pas voulu changer le monde? C'étaient les rêves naïfs d'une petite fille. Le monde était devenu trop grand et trop exigeant pour que ses rêves de jeunesse survivent. Teresa sentit en elle comme un grand trou qui était devenu son quotidien. Elle avait voulu faire de ses rêves une réalité au lieu de faire de sa réalité un rêve.

Un soir avant de se coucher, Teresa se regarda dans le miroir de la salle de bain. Il lui renvoya un visage triste et âgé. Des larmes lui montèrent aux yeux. C'était donc ça? C›était ça, sa vie? Teresa, l'enfant débordante de joie et de vitalité, ne parvenait plus à rire. Elle ne pouvait même pas rire d'elle-même. Les larmes inondaient ses joues. Elle ouvrit les robinets du lavabo, remplit ses mains d'eau froide pour s'éclabousser le visage…

CHAPITRE TRENTE ET UN

~ Le monde nous attache à lui. Chacun lui appartient, à sa manière ~

La main douce de La Madre lui tenait la tête en arrière. L'eau fraîche et douce de la fontaine coulait de son visage. Là, en ce petit matin, elle avait le cœur battant.

« Combien de temps ai-je gardé la tête sous l'eau? » Teresa secoua l'eau de son visage.

« A peu près deux secondes », répondit La Madre.

« Toute une vie en deux secondes ... » Teresa en avait le vertige.

La Madre hocha la tête à la remarque de Teresa. «Nous appartenons au monde de différentes manières, mon enfant. Et il existe des fils infinis avec lesquels nous pouvons nous relier. »

Teresa demeurait silencieuse, elle ne savait que dire, ni comment le dire. Toute une vie en deux secondes. Une vie entière sans avoir eu connaissance de l'épice. Teresa venait d'expérimenter ce qu'on ressent vraiment quand on a un vide en soi. Plus jamais elle ne voulait connaître un tel univers.

Les seize filles se retrouvèrent dans la salle d'étude. La Madre animait à nouveau une «réunion d'épices». Les filles étaient impatientes d'écouter ses paroles.

Le brouhaha cessa à son entrée. Elle regarda autour d'elle avant de s'asseoir. « Ah, c'est à nouveau la pleine lune », dit-elle avant de prendre sa tasse de thé.

«Aujourd'hui, je voudrais aborder l'attention et la responsabilité, comme nous l'avons évoqué lors de la dernière réunion. J'espère que vous avez toutes réfléchi à notre discussion précédente? »

Les filles acquiescèrent avec attention. La Madre sourit; elle sentait le changement d'énergie immédiat dans la pièce quand tout le monde essayait consciemment d'être attentif et présent. « C'est incroyable ce qu'un simple rappel peut produire », dit-elle doucement presque en chuchotant. Elle but une autre gorgée de thé et poussa un léger soupir.

« Eh bien, nous devons être attentives au fait que le monde nous relie à lui. Nous lui appartenons, mais chacune à sa manière. » La Madre jeta un rapide coup d'œil vers Teresa, avant de poursuivre. «Nous devons apprendre ce qui nous relie, quelle est la nature de ces liens, qu'il s'agisse de chaînes, d'obligations ou de service volontaire. Ce qui nous lie peut être aussi ce qui nous nourrit. En le découvrant, nous trouvons aussi nos espaces de liberté dans le monde, et les moyens qui nous aident à avancer, en particulier dans le service. Rien dans ce monde n'est sans rime ni raison. L'attention nous permet de développer notre présence individuelle. Autrement dit, nous pouvons créer un point d›énergie qui s'inscrit dans ce monde, dans cette réalité, et qui peut dessiner des événements autour de nous. Alors, nous menons le jeu au lieu d'en être le jouet. Il est essentiel de développer notre attention de présence. Sinon, nous demeurons une présence banale dans la masse. Nous ne nous individualisons pas. »

La Madre marqua un temps d'arrêt pour que ses derniers mots puissent bien s'ancrer. Teresa avait fini par repérer comment, de manière intentionnelle, La Madre utilisait les pauses comme des marqueurs. Rien à voir avec les interruptions aléatoires ou automatiques que les gens font souvent.

« Il y a moins d›individus sur cette planète qu›on le croit généralement », poursuivit la Madre. «Il faut se développer pour devenir un individu unifié. A ce jour, l'individu est le reflet d'un groupe. Appelez ça l'âme d'un groupe, c'est l'expression consacrée. C›est pourquoi tant de gens manifestent un comportement prévisible et répandu. Si vous observez bien, si vous êtes attentives, vous constaterez chez bien des gens un trait particulier. En repérant cet ensemble de traits, on voit qu'un grand nombre de personnes s'inscrivent dans ces groupes. Elles ne sont pas complètement individualisées. De ce fait, elles ont moins de profondeur en tant qu'individus. C'est pourquoi certaines institutions sociales réussissent si bien à les manipuler. Elles ne s'adressent pas à des êtres pleinement développés. Elles font appel à leur esprit de groupe, ce qui permet de les convaincre plus facilement et - malheureusement - de les contrôler socialement. L'individualité reste l'exception, pas la règle. Une caractéristique commune à bien des gens, c'est qu'ils cherchent à oublier. Ils ne s'en rendent pas compte, ils appellent ça autrement. La recherche de divertissements et de distractions agréables, leur sert à oublier. Pourtant nous sommes ici pour nous souvenir, pour ne pas nous permettre d'oublier. C'est notre devoir. Il y a tellement de gens qui vivent en surface, qui ne sont pas attentifs à la vie. Ils ne saisissent pas la signification des parfums qui taquinent leurs sens. Ils produisent des fleurs sans véritable intention intérieure. Ils mettent l'épice du safran dans leur nourriture sans y penser, sans la reconnaître. Voilà pourquoi on a tant besoin de cueilleuses de safran. Le goût des épices est un rappel important. Il est de notre responsabilité d'agir sur l'ignorance des autres. Nous mettons dans leur nourriture l'épice du sens et de l'essentiel. Nous leur tendons la main, nous touchons leur monde d'une manière qui leur est inconnue. Nous apportons à leur vie quelque chose de spécial. Nous parfumons leur monde d'une simple pincée d'essence. La plupart des gens n'en ont pas la moindre idée. Nous sommes subtiles mes amies. Très subtiles. La plupart des gens ne prêtent guère attention qu'à l'évidence, tandis que nous travaillons avec les détails. Nos résultats sont microscopiques. On ne nous voit pas faire de grands gestes qui mettent le feu au monde. Pourtant, il suffit d'événements microscopiques assez nombreux, assortis de la bonne intention pour créer ce grand feu qui ne brûle personne et qui embrase tout. Travaillez avec des gestes efficaces, pas avec de grands mouvements illusoires. »

La Madre traça dans l'air un grand arc de sa main, puis marqua une autre pause.

Teresa avait du mal à rester attentive aux propos de la Madre. Les filles, comme toujours, prenaient des notes. Mais Teresa, dans tout son être, gardait encore à l'esprit les fragments de mémoire de son autre vie. Celle où elle s'était mariée et où elle avait vieilli sans l'épice, sans véritable sens. D'une certaine manière, Teresa avait en fait traversé deux réalités. Dans ce chevauchement, elle avait vécu une vie qui s'était révélé finalement triste et douloureuse. Elle se demandait ce que son corps et sa mémoire avaient conservé de cette autre vie. Ou bien son esprit était il en train de se repasser en boucle le même enregistrement?

La tasse de thé tinta contre la soucoupe. Teresa revint à une attention présente.

«Notre réalité cosmique», poursuivit La Madre, «n›est pas l›expression d›équations mathématiques. C›est un jeu de forces poétiques. Comme un enfant, elle est enivrée d›amour, d›émerveillement, et de la joyeuse curiosité de l'aventure. Souhaitez-vous connaître l'un de ses secrets? C'est le plaisir… Le plaisir est le secret qui se cache derrière tout ce que vous voyez dans ce monde. C'est ce qui donne la saveur particulière à l'épice de safran, les bulles de plaisir invisibles qui maintiennent ensemble les molécules d'épices. Le plaisir se manifeste sous toutes ses formes pour qu'on puisse le rencontrer à l'infini, inlassablement. Une rencontre grandiose, qui n'a pas de fin, d'innombrables occasions de rencontrer ce plaisir. Pourtant, au milieu de cette joie, on trouve aussi les forces de la division et de l'ignorance qui animent notre monde et nous font voir les choses autrement. Si nous pouvions rassembler tous les plaisirs, cela donnerait l'épice la plus douce du monde. Une goutte sur la langue de chacun suffirait à nous faire partager l'expérience de ce goût sans dire un mot. Sans gâcher l'expérience par un galimatias verbeux qui envahit l'espace. Chaque goutte saurait reconnaître toutes les autres gouttes, comme si en goûter une seule revenait à les goûter toutes. Nous serions alors au-delà des mots, nous n'aurions plus qu'à goûter pour savoir. »

Une pause encore. Cette fois, une des filles leva la main.

« Et comment une personne peut-elle trouver ce plaisir? »

La Madre sourit. « En ne pourchassant pas les désirs comme s'ils étaient des plaisirs, et en contrôlant les faux-semblants dont le monde vous éclabousse. »

La Madre versa dans sa tasse ce qui restait du thé.

«La fleur de safran nous donne son épice avec plaisir, elle joue son jeu d'amour éternel, comme un enfant éternel dans un jardin éternel. Vous êtes comme l'épice du safran, mes chéries. La prochaine fois, nous parlerons de l'épice. Il ne nous reste que deux réunions d'épices. »

La Madre se leva et prit congé.

CHAPITRE TRENTE DEUX

~ Là où il y a un manque, il y a un besoin.
Notre fonction est de reconnaître ce besoin ~

Après le cours, les filles retournèrent s'acquitter de leurs responsabilités professionnelles respectives. Teresa et Tibia regagnèrent la bibliothèque pour continuer leur travail qui consistait principalement à réorganiser les livres et à les remettre sur les étagères. Parfois, elles devaient répondre à une demande spécifique. Elles se lançaient alors dans une chasse au livre qu'elles adoraient. L'aspect ennuyeux, c'était s'occuper du catalogue : de la «paperasse», comme disait Tibia avec un soupir. Mais ce temps passé ensemble dans la bibliothèque permettait avant tout aux deux amies de travailler côte à côte. C'est ainsi qu'elles pouvaient en découvrir un peu plus sur le fonctionnement l'une de l'autre.

Mais, si elles souhaitaient échanger, il fallait que ce soit à voix basse.

Tibia poussa doucement Teresa du coude. «La récolte se rapproche. Tu ne te sens pas nerveuse?

Teresa haussa les épaules. « Pas vraiment. Je suis partagée

entre le désir et l'appréhension. On a attendu longtemps. Mais c'est maintenant qu'on doit être prêtes.»Teresa pointa le côté gauche de sa poitrine. Tibia hocha la tête.

« Tu crois qu'on pourra vraiment communiquer avec le safran? »

Teresa rangea sur l'étagère un grand livre ancien sous le numéro 0786, puis elle se tourna vers son amie. «On doit être capable de communiquer. L'essence de l'épice doit passer par nous et aller dans le monde. Tu sais que c'est à nous de servir de canal. »

Tibia fit une grimace, comme si elle réfléchissait, ou plutôt qu'elle ruminait. Puis elle sourit. Elle semblait toujours trouver une solution au tourbillon de ses pensées. Il ne lui fallait jamais bien longtemps.

« Tu es tellement organisée et disciplinée, Teresa ».

C'est là que Madame Morag s'approcha des filles, elle portait une pile de livres. «Une bonne organisation et une bonne discipline sont essentielles pour qu'une bibliothèque fonctionne bien.» Elle posa les livres sur la table devant les filles, près de ceux qu'il fallait ranger. «Et c'est essentiel aussi pour bien autre chose que le fonctionnement d'une bibliothèque. Ce que vous faites ici n'est que la partie émergeante de notre tâche, nous descendons beaucoup plus profondément. »

Madame Morag adressa un sourire amical aux deux filles, puis elle sortit.

Leur travail terminé, Tibia se préparait à partir, mais Teresa lui dit qu'elle voulait rester. Elle voulait trouver des livres pour ses lectures personnelles.

« Très bien, Miss Bouquin », dit Tibia. Elle donna une accolade à Teresa et partit.

Teresa arriva à la porte du bureau et frappa doucement.

La réponse lui vint aussitôt : «Entrez».

Madame Morag leva les yeux quand Teresa entra.

Teresa se dirigea vers l'autre côté de la pièce où Madame Morag était installée à son bureau.

« Je me demandais s'il y avait autre chose à faire pour vous aider? » Tandis qu'elle parlait, il lui sembla que les yeux verts de la vieille dame pouvaient lire en elle.

Madame Morag eut un sourire : «Eh bien», dit-elle, «il me semble que j'ai oublié de fermer la porte. Peux-tu la fermer pour moi? »

Teresa ressentit soudain au creux de l'estomac une vague de picotements : elle réalisa qu'elle était entrée dans le bureau en laissant la porte ouverte. Quelle étourdie je suis ! Teresa comprit que la vieille dame lui permettait de remédier à la situation sans lui faire la honte.

« Oui, bien sûr. » Teresa ferma la porte et revint à l'endroit où elle se tenait auparavant. « Il ne nous reste que quelques se-maines, je voulais savoir si vous aviez besoin de quelque chose? » Teresa sourit et attendit.

«Quelque chose que j'ai besoin que vous fassiez? Ou quelque chose que j'aimerais que vous fassiez? Ce sont deux choses très différentes. Le plus souvent, ce que nous voulons est différent de ce dont nous avons besoin. » Madame Morag retour-na à ses paperasses.

- Alors, de quoi avons-nous besoin? Demanda Teresa.

Madame Morag leva les yeux. «Là où il y a un manque, il y a un besoin. Il nous appartient de reconnaître ce besoin. Notre service consiste à le combler. Ce que nous faisons est très exact et précis. C'est une sorte de science. Nous travaillons avec des quantités correctes et avec des qualités spécifiques. C'est pour-quoi les fleurs sont d'excellents supports - et pour nous, bien sûr, le safran est le meilleur. Merci, Teresa, je n'ai pas de besoin pour le moment. »

«Merci, madame Morag.»

Teresa quitta doucement la pièce. Cette fois, elle eut soin de fermer la porte derrière elle.

Les jours continuaient à s'écouler, bien remplis. Du lever à l'aube jusqu'à l'heure du coucher, toutes les filles de l'étage de Teresa s'affairaient à leurs tâches. Désormais, les seize compagnes s'étaient habituées à rester ensemble, proches les unes des autres, malgré leurs différentes fonctions. Pour certaines, il s'agissait de travailler aux champs pour s'occuper des fleurs de safran. Il fallait aussi arracher les mauvaises herbes autour des fleurs. Teresa avait toujours aimé ça; plonger dans la terre, dans le sol riche, nourrissait quelque chose en elle.

Teresa était en train d'arracher les mauvaises herbes quand Béatrice s›approcha d›elle, un arrosoir à la main.

« Hé, Teresa, pourquoi est-ce que je te vois toujours à genoux quand tu es ici? »

Teresa leva les yeux. « C'est pour être plus près de la terre, je suppose »

«On n'est pas déjà assez proches? On passe le plus clair du temps dans les champs. »

« Je ne crois pas que ce soit une question de distance, c'est plutôt une question de contact. »

« Eh bien, ma belle, je crois qu'on touche déjà bien assez les fleurs. Si on force un peu, on va se transformer en fées. »

« Trop tard, on est déjà des fées », sourit Teresa.

Béatrice haussa un sourcil interrogateur. « Ouais, tu crois? »

« Bien sûr, toutes les cueilleuses de safran sont des fées. Tu ne le savais pas? »

« Pas vraiment. »

« C'est la même chose sous un autre nom. »

« Eh bien, t'as peut-être raison, soeurette ... t'as peut-être raison. »

Béatrice s'éloigna, l'arrosoir à la main.

Teresa creusait le sol de ses mains pour dénicher les racines des mauvaises herbes. Elle avait besoin d'aller jusqu'aux racines. Il lui fallait plonger les mains profondément dans la terre.

Les filles se préparaient à se coucher. A la fenêtre, Alicia et Abigail contemplaient le ciel nocturne. L'été, la nuit tombe à une heure tardive. Le ciel nocturne se paraît souvent d'une certaine légèreté, comme si le soleil avait surchargé les planètes pour les faire briller davantage. Cette nuit-là, les filles regardaient une autre traînée de lumière.

« Je crois que demain, c'est la nouvelle lune », dit Abigail, le visage collé à la fenêtre. Alicia s'appuyait contre son épaule.

« Elle ne va plus tarder », ajouta Tibia, assise sur son lit. « Tu es prête? »

Alicia se tourna et dégagea les cheveux de son visage. « Je ressens quelque chose de différent en moi, pas vous? »

« Peut-être que tu es en train de faire pousser en toi ta propre fleur de safran! », dit Abigail en embrassant Alicia sur la joue.

Teresa détacha le mouchoir en dentelle blanche de ses cheveux. « C'est peut-être nous qui allons être récoltées. »

Toutes les filles s'esclaffèrent, sauf Teresa. Elle n'était pas sûre que ce soit une plaisanterie.

CHAPITRE TRENTE TROIS

~ Vous n'êtes pas ici pour vous développer,
vous êtes ici pour vous déployer ~

Cette fois, avant d'entrer dans la salle d'étude, les filles éprouvaient un sentiment d'attente. Une sorte d'inquiétude… tranquille. Avec la nouvelle lune s'ouvrait l'avant-dernière «réunion des épices», pour reprendre l'appellation choisie par la Madre. L'été s'était écoulé presque sans qu'on s'en aperçoive. Les jours avaient filé entre les heures d'étude intenses, la responsabilité des tâches et d'autres formes de préparation. Il ne restait aux filles que les matchs hebdomadaires de Softball pour se dépenser physiquement. Et même là, il s'agissait plutôt d'une sorte de «jeu discipliné», si l'on peut dire, dans lequel tout semblait orienté vers un but plutôt que vers des événements aléatoires. Les filles du groupe des seize le ressentaient. Teresa plus que toutes autres. C'était comme si son corps vibrait, il bourdonnait littéralement.

Une à une, les seize filles entrèrent dans la pièce à l'invitation de Madame Aisha, l'assistante personnelle de la Madre. La chaise rembourrée et le guéridon en bois à pied circulaire étaient disposés comme à l'accoutumée. Sur le guéridon se trouvait la théière en céramique et sa tasse de thé assortie. Dans la théière, Teresa savait qu'il y avait une infusion chaude de thé vert au jasmin.

La Madre entra par l'autre bout de la pièce. Elle se déplaçait avec grâce et équilibre, comme si toutes ses cellules étaient en communication permanente. Elle se versa une tasse de thé puis s'assit confortablement avec élégance. Elle approcha la tasse de son nez et en respira la vapeur en un geste très prudent et délibéré. Puis elle but une gorgée de thé avant de reposer doucement la tasse sur la table.

«On sent le mélange, la façon dont on l'a assemblé. On ne peut pas se méprendre sur l'exhaustivité, l'intégralité d'une chose. » La Madre regardait chacune des filles, en balayant lentement la pièce du regard. «Aujourd'hui, je voudrais vous parler un peu de l'épice.»

Certaines filles tremblaient inconsciemment comme si la seule évocation de l'épice avait eu un impact sur leur corps.

La Madre sourit d'un air entendu. «L'épice de safran assemble les choses. Elle ajoute à ce qui existe déjà un élément spécial pour créer quelque chose de différent de ce qui était auparavant. L'épice agit comme un catalyseur. Elle sait prendre ce qui existait avant et le remélanger. Sans cette fonction de mélange, notre monde se serait déjà effondré. Mélanger, c'est aussi assembler. »

La Madre joignit les paumes de ses mains, ses doigts fins entrecroisés. Teresa remarqua que la peau de ses mains était légèrement ridée, même si elle restait douce.

«Mélanger est le contraire de séparer. Si vous prenez l'un, vous ignorez l'autre; si vous ne gardez qu'un élément, vous dédaignez l'autre. Il faut les mélanger si l'on veut produire une force nettement plus fine. Nous ne travaillons pas à produire des festins ou des gourmandises somptueuses. Notre intervention consiste uniquement à diffuser des saveurs subtiles pour faciliter le processus.

Vous allez me dire : de quel processus parlonsnous ? Eh bien il s'agit du processus intérieur de la lente cuisson des saveurs nécessaires à la croissance humaine. L'épice travaille avec nous et, dans son sacrifice, elle ne rejette rien qui soit digne de ses saveurs. »

Teresa sentit en elle comme un mouvement, comme si une boule d'énergie s'était formée dans sa poitrine. C'était là. Elle le savait.

La Madre lui jeta un regard.

Installée dans son fauteuil, la vieille dame dégustait tranquillement sa tasse de thé, élégante et raffinée. Elle avait tout son temps. Dans la salle, tout le monde savait pourtant que le temps est de la plus haute importance. La Madre plus que toute autre.

« La plupart des gens manquent d'une saveur essentielle dans la vie », poursuivit la Madre quand elle eut reposé sa tasse.

«Personne n'est complet à cet égard, hormis quelques rares individus. Tout le monde en manque. C'est un fait simple et très évident, et pourtant la plupart des gens n'en ont pas conscience ou ne se l'avouent pas. Ils y voient autre chose : de l'ennui, de la frustration, une dépression, une déception professionnelle ou un chagrin d'amour. Ils ont bien des noms pour en parler. Cependant, ils ne reconnaissent pas leur manque pour ce qu'il est. Sur cette terre, dans notre monde, on a tous besoin d'un ingrédient spécial supplémentaire, personne ne peut avancer seul. D'une manière ou d'une autre, chacun a besoin d'une touche d'épice. On peut l'utiliser de bien des manières. L'épice a beaucoup, beaucoup de façons subtiles de s'introduire chez une personne. Là où il y a un manque, il y a un besoin. Il nous appartient de reconnaître ce besoin.»

Teresa reconnut immédiatement cette dernière phrase. Mme Morag l'avait prononcée l'autre jour. C'était comme si le Foyer du Safran constituait un organisme où l'on parlait d'une seule voix, d'un même esprit et d'un même cœur.

La Madre marqua une nouvelle pause. Était-ce aux filles de rassembler leurs pensées et leur attention ? Ou bien seule Teresa était-elle invitée à se souvenir, à enregistrer et à graver en elle ce moment? La Madre s'adressait pourtant à toutes, comme si... comme si elles n'étaient qu'un même esprit, un même cœur... un fil d'or...

«Pour apprécier la nourriture et le goût des aliments, on n'a pas besoin de connaître l'origine ni l'utilisation spécifique de chaque ingrédient actif. Ni de vouloir les connaître. La fonction du chef est de servir une nourriture agréable et parfaitement digeste. On ne donne pas la recette avec les plats. On ne parle pas de recettes à des gens qui ont faim. Pour encourager des jeunes enfants à manger, il nous arrive souvent de faire « voler » la nourriture comme un avion jusqu'à leur bouche, pour que l'enfant veuille bien l'accepter, nous suscitons son intérêt. Il en va de même pour une tout autre nutrition que nous apportons aux gens de ce monde ! »

Certaines filles se mirent à rire. Quelle image bizarre ! Une cuillerée de nourriture qui vole jusqu'à la bouche d'un bébé. Mais Teresa, tout bien pesé, trouvait la comparaison assez juste. La Madre sourit et hocha la tête, comme si elle aussi partageait et savourait la même image dans son esprit.

Elle toussa doucement. Le silence revint dans la pièce comme un drap de lin se pose sur un lit.

«Le pouvoir de l'épice, c'est qu'elle est contagieuse. Elle contient un ingrédient spécial - un centre de gravité unique - qui peut se propager comme une bénédiction virale. On pourrait dire que tout existe à cause de l'épice, quelle qu'en soit la quantité. Pas besoin d'en ajouter beaucoup. Il suffit de la moindre goutte, de la plus légère trace. Mais il faut qu'elle soit là. Elle fait partie de notre vie à tous, elle vibre à travers le vivant. N'oubliez pas que toutes les vibrations sont contagieuses, qu'elles soient bonnes ou mauvaises. Nous existons dans un environnement contagieux où il nous faut choisir l'énergie à partager : harmonieuse ou disharmonieuse. Nous sommes ici pour servir la transmission de l'épice, ce qui fait de nous des êtres contagieux ! » Sur ces mots, la Madre laissa échapper un de ses rares éclats de rires, très appréciés.

Un rayon de soleil traversa la fenêtre et remplit l'espace. Il faisait chaud. C'était comme si un éclat d'or était venu se joindre au partage d'amour qui avait lieu dans la pièce. L'univers nous montrait son affection comme un chiot qui remue la queue. Pour un instant, les secondes s'arrêtèrent, le cosmos cessa de tourner, rien n'était réel, tout était correct, tout était juste.

Le cœur de Teresa lui aussi s'était presque arrêté. Il avait manqué au moins un battement ou deux. Puis le monde se remit à exister. Teresa se rendit compte que la Madre la regardait. Le sentiment qui habitait ce regard avait fondu quelque chose à l'intérieur de Teresa.

La Madre se tenait devant la classe. «Certaines personnes pensent que la vraie sagesse est une chose distincte de la vie. La saveur des épices est-elle distincte du goût des aliments? Comment pourriez-vous comprendre si vous ne vous ancrez pas dans la vie. Nourrissez vous d'abord du monde qui vous entoure. C'est un monde d'apparences, c'est vrai, et pourtant ces apparences ont leur raison d'être. Commencez par apprendre ça. »

La Madre marqua à nouveau un de ses temps d'arrêt intentionnels, elle but une longue gorgée de thé. Les mots, les sentiments de cet instant pouvaient être enregistrés, ils s'imprimaient dans l'auditoire, du moins chez Teresa.

«Vous n‹êtes pas ici pour vous développer mais pour vous déployer. Vous contenez déjà l'essence; on ne la développe pas, mais on peut lui permettre de se déployer et de s'étendre de la manière la plus correcte et la plus harmonieuse qui soit. Il ne s'agit pas d'ajouter quoi que ce soit. Nous ne sommes pas une usine de pièces détachées additionnelles. Ce qui nous concerne ici existe déjà en vous, cela a toujours existé et existera toujours. Comment la faire passer dans le monde? C'est la question. Souvenez-vous de ceci : l'épice fait ressortir la meilleure saveur chez ceux qui maintiennent leur équilibre vital. »

Souvenez-vous de ça… Souvenez-vous de ça … Tandis que ces mots entraient en elle, Teresa avait l'impression qu'une partie d'elle - ou qu'elle-même - venait de se disloquer de son corps.

« Et après, qu'est-ce qui va se passer? »

Teresa regarda Tibia qui lui posait cette question. Elles se tenaient devant l'une des fenêtres du couloir qui donnait sur la grande cour où on faisait de la gymnastique. La nuit était remplie d'étoiles, on aurait dit une carte des galaxies.

« Je m'attends à ce que la première récolte soit suivie d'une autre. »

« Et puis? »

« Et puis d'une autre, et d'une autre encore », répondit Teresa en la fixant longuement.

« Et combien d'autres encore? » Tibia semblait plongée dans ses pensées.

« Autant qu'il en faudra. »

« Pourquoi dis-tu cela? Tout ça me semble bien vague. »

Teresa laissa échapper un soupir. « Non, je trouve ça très clair. Il en faudra autant qu'il en faudra jusqu'à ce que nous comprenions. La récolte nous concerne. Les fleurs de safran, on les met en terre au printemps et on récolte leur épice en automne. Mais nous, nous restons toujours dans le sol, dans la terre, nous grandissons toujours… Et dès que nous sommes prêtes, on peut nous récolter à tout moment. Alors, et alors seulement, nous pourrons emporter l'épice avec nous. »

Tibia se tourna vers Teresa. « Pourquoi dis-tu cela? Comment le sais-tu? »

« Je ne sais pas. Je le sens... »

Une étoile traversa le ciel avant de disparaître.

CHAPITRE TRENTE QUATRE

~ L'humanité, au naturel,
cherche à être en harmonie avec son univers ~

Toutes les filles se retrouvaient sur la pelouse. On avait organisé le dernier match de softball du safran pour marquer la fin de la saison estivale et l'arrivée imminente de la récolte.

Au bord du terrain, Teresa réfléchissait seule à ce qu'elle allait dire à son équipe. La silhouette de la Madre apparut soudain près d'elle.

« Tu n'imaginais tout de même pas que j'allais manquer le dernier match de la saison ? »

Teresa sourit. « J'espérais un peu vous voir arriver. »

La Madre tenait un parasol pour se protéger du soleil matinal.

«Non, je n'aurais pas pu rester à l'écart, ce jeu est tellement merveilleux. Comment as-tu fait pour l'inventer ? »

Teresa haussa les épaules. « Je ne sais pas. Ça m'est venu comme ça. »

« Intéressant ! »

Teresa sentait chez la Madre une fausse naïveté intentionnelle. Elle se tourna pour regarder son visage. Les yeux de la Madre pétillaient, presque malicieux.

« Simple coïncidence », répondit Teresa sur le même ton.

« Bien sûr! »

« C'est comme si je m'étais sentie obligée de trouver une idée. »

« C'est ça. »

«Comme si la bonne idée consistait surtout à rassembler les filles. Comme si le sport n'était qu'une occasion d'être toutes ensemble. »

« Hum ... intéressant, n'est-ce pas? » Cette fois, ce fut La Madre qui se tourna vers Teresa. «Être ensemble, tout simplement. J'aime cette idée. »

« En effet, » répondit Teresa. « C'est comme si le fait d'être ensemble établissait un lien avec quelque chose d'autre ... ailleurs. »

« Maintenant, qu'est-ce qui a bien pu te donner cette idée, ma chérie? » La Madre sourit et s'éloigna pour rejoindre quelques unes des Dames sur le terrain.

« En effet… » murmura Teresa pour elle-même.

Teresa avait dit à son équipe d'aborder le jeu comme si elles formaient un seul corps. Chaque partie doit travailler avec l'ensemble, organiquement, en harmonie. Chacun doit s'adapter au jeu, sans rigidité. Elle avait expliqué à ses coéquipières qu'aucun schéma ne se répète jamais. Jouer ne veut pas dire s'attendre à ce que certaines choses arrivent, mais qu'on est présent à chaque instant.

« Je veux que vous ressentiez chacune des autres joueuses. Ce ne sont pas des adversaires, ce sont d'autres parties de vous-même.» Toutes les filles de son équipe écoutaient Teresa. Elles la respectaient, elles s'étaient habituées à ses intuitions.

« Ne jouez pas pour vous-même. Ne jouez pas non plus pour moi », avait dit Teresa. «Jouez pour ce qui est plus grand que nous toutes. Jouez pour cette part de vous-même qui sait qu'il y a une bonne raison à cela: nous sommes ensemble mais il faut voir plus loin. Jouez pour tous les groupes qui se réunissent. Jouez pour vos sœurs, pour la race humaine, pour toute la terre… jouez pour les étoiles, les cieux et tout ce qui existe. Si vous ne jouez pas pour tout ce qui existe par delà le temps, alors il ne reste qu'un petit jeu. Il ne reste que votre petit monde. Tout ce que vous avez compris s'arrête avec le jeu. Elevons-nous vers quelque chose de plus grand, allons au-delà. Devenons partie intégrante de cet in-grédient spécial qui se trouve dans chaque atome et chaque cœur. Jouons avec respect, avec amour ! »

Teresa avait laissé les mots couler de ses lèvres. Quand elle s'arrêta, les filles la regardèrent étonnées … elles en avaient presque les larmes aux yeux. Comme si elles venaient de réaliser, à cet instant, que la vie était… tellement plus… Il y avait tant de beauté dans cette compréhension qu'un être humain pouvait à peine la contenir.

L'équipe resta silencieuse, réunie dans une grande étreinte.

« Oui… » pensa Teresa, « il s'agit avant tout d'être en-semble ».

Madame Morag s'affairait à ranger les livres sur leurs étagères quand Teresa entra dans la bibliothèque. La jeune fille demeura silencieuse, elle regardait la vieille dame prendre un livre et passer la main le long des étagères avant de le glisser dans un espace libre.

« On dirait que vous savez où vont tous les livres. »

Madame Morag sourit sans tourner la tête, sans répondre.

Teresa l'observa encore quelques minutes avant de réaliser quelque chose : « Vous ne lisez même pas leurs numéros de classement! »

Madame Morag se contenta de hausser les épaules. « Les livres savent où ils vont. »

Teresa s'avança vers Madame Morag. « Comment le savez-vous? », demanda-t-elle après avoir observé un peu plus longtemps.

«Les livres ont leur juste place. Tout a une harmonie essentielle. C'est quand nous perturbons cette harmonie que les problèmes commencent. Crois-moi, c'est nous qui créons la confusion. Laissons les choses se rassembler d'elles-mêmes. »

Quelques minutes plus tard, Mme Morag termina ce qu'elle faisait et se dirigea vers une autre table où se trouvait une pile de livres. Elle fit signe à Teresa de la suivre.

« Viens ici, pourquoi n'essaierais-tu pas? Vas-y, range les livres là où tu sens qu'ils doivent aller. Et ne lis pas les tranches! »

Teresa prit un des livres et le retourna dans ses mains. Elle ressentait le livre, mais pas grâce à ses doigts.

La vieille dame l'observait. «Comme dans le jeu ce matin, fais confiance à cette harmonie. Qu'il s'agisse de softball ou de livres, tu sais comment ça marche. »

Sur ces mots, Madame Morag s'éloigna. Teresa resta seule.

CHAPITE TRENTE CINQ

~ Ton rôle est de préparer les autres,
ceux qui ne savent pas, ou qui n'imaginent même pas ~

La nuit précédente, c'était la pleine lune. Suspendue dans le ciel comme un immense vaisseau circulaire, elle observait le Foyer du Safran.

Le matin, les filles du couloir se levèrent à l'aube. L'anticipation les titillait. Aujourd'hui, on allait se retrouver pour la dernière *réunion d'épices* avec la Madre. Dans l'effervescence, elles firent leur toilette dans un bourdonnement de chuchotements de rires et de coups de coudes entendus. La dernière *réunion des épices* annonçait aussi la récolte. Voilà ce qui motivait les seize filles tandis qu'elles se préparaient pour la journée à venir.

L'automne était arrivé mais les journées restaient chaudes. Dans cette partie du monde où se trouve le Foyer du Safran, les jours étaient longs, la lumière était vive et les hivers plus courts. Ce climat saisonnier était idéal pour cultiver les fleurs de safran. Il était idéal aussi pour éduquer les filles dans la voie du safran.

La salle d'étude, adjacente à la bibliothèque, bourdonnait d'une énergie féminine vibrante. La pièce ressemblait à une chaude pépinière où les graines deviennent des fleurs, où les fleurs exhalent leurs essences. Qu'il s'agisse de nectar ou d'épice, l'essence de chaque être vivant cherche en même temps à se libérer et à communier.

En pénétrant dans la pièce, les rayons du soleil d'automne révélaient la vapeur de la théière. La Madre était installée sur sa chaise quand les filles entrèrent lentement. Son visage reflétait la sérénité. Elle balayait la pièce du regard et s'arrêtait sur les visages des jeunes filles. Un tel calme était-il lié à ce moment particulier ? Teresa n'aurait pu le dire. Provenait-il des nombreuses séances, comme celle-ci, que la Madre avait présidé auparavant ? Tous ses souvenirs convergeaient alors en elle pour n'en former qu'un seul.

« Notre dernière pleine lune est arrivée et le chemin des cueilleuses de safran s'ouvre devant nous. » La Madre parlait dans un silence qui envahit la pièce, il semblait relier tous les sens en un seul ensemble. Les yeux, les oreilles et les cœurs étaient concentrés sur cette dame qui, pour la première fois, parut fragile à Teresa. Sa silhouette était mince et délicate, protégée derrière les plis de sa longue robe blanche fluide. Dans la salle, les cœurs battaient dans les poitrines jusqu'à ce qu'ils semblent s'accorder pour n'être qu'un seul cœur.

La Madre se pencha légèrement en avant, comme pour projeter plus loin le sens de ses mots. «Parlons aujourd'hui de la cueilleuse de safran, car la récolte approche à grands pas. La cueilleuse de safran est une fugitive dans ce monde. Une étrangère de l'intérieur dont la coupe déborde d'estime et de gratitude. La cueilleuse de safran observe en même temps deux états fondamentaux: la liberté et la servitude. Ces deux états ne sont pas contradictoires, comme on pourrait le croire. Bien reliés, ils sont en fait très complémentaires. Comme vous arriverez à l'apprendre et à le comprendre, la vraie liberté est d'être au service. Le vrai service apporte la liberté ultime. Seules les opinions et les fausses perceptions de ce monde créent les contradictions et la confusion. Le chemin du cueilleur de safran est incroyablement harmonieux, comme il se doit. La manière dont la fleur de safran apporte son épice est un acte harmonieux. Il n'y a pas de contradiction ni de conflit dans l'octroi de ce cadeau précieux. De même, nous devons refléter cette harmonie naturelle dans nos vies. S'il apparaît dans notre quotidien une friction inconfortable ou un conflit d'énergies, c'est que nous faisons quelque chose d'incorrect. Cet inconfort est signe d'un manque d'alignement. Il nous apprend quelque chose au sujet de notre comportement : notre manière de faire, notre état, ne sont pas en harmonie avec les forces naturelles de la vie. L'humanité, à l'état naturel, cherche l'harmonie avec le monde. La disharmonie qui se manifeste dans le monde, en dehors d'ici, est le reflet extérieur d'un désarroi interne collectif de l'humanité. Partager l'épice de safran est un moyen de chercher à atténuer ce désarroi et de rechercher la voie naturelle de l'harmonie. »

La Madre s'arrêta pour prendre une gorgée de thé. Nulle ne bougeait dans la pièce. Toutes étaient immobiles, silencieuses. Pas la moindre brise pour caresser leurs pétales. En chacune, l'épice se déployait et se rapprochait de la maturation.

« Donner ne vous rendra pas vides », poursuivit la Madre.

«Au contraire, vous serez rassasiées, restaurées, pour donner encore davantage. Ne soyez pas de celles qui prennent aux autres en toute inconscience. Votre rôle est de subvenir aux besoins des autres, de ceux qui ne le savent pas ou ne le soupçonnent pas.

Un large sourire se dessina sur le visage de la vieille dame
comme si une épice pleine d'humour venait de se glisser dans sa
gorge pour se fondre aux tissus et aux fibres de son corps. «Les
fleurs de safran rient avec nous, elles deviennent nos bouches et
nos voix, pour louer le soleil. Les fleurs de safran ont leur propre
langage, unique et parfumée. Elles parlent si doucement que
nous devons aiguiser nos sens pour les entendre. Le parfum du
safran fait l'éloge de chaque nouveau jour. Il est le compagnon
secret du monde. »

La Madre balaya la pièce de son regard et fixa dans les
yeux chacune des filles. Elle regardait par-delà la barrière de leurs
iris, au plus profond, là où se cache l'essence des êtres.

«Nous sommes ici pour fleurir comme les fleurs de safran,
en adoration de l'esprit invisible qui souffle à travers nous. Les
fleurs de safran sont aussi des messagers. Elles peuvent transmettre vos messages, ou les messages des autres, si vous maîtrisez cet art de communiquer. J'ai reçu de nombreux messages de
mes fleurs de safran. Il faut être très réceptive et extrêmement attentive pour recevoir et comprendre de tels messages. C'est ainsi
que nous avons commencé à déposer des fleurs sur la tombe d'un
être cher. Nous leurs confions un message pour nos proches de
l'autre côté. »

La porte de la salle d'étude s'ouvrit alors, et Madame Aisha entra ; elle apportait un petit pot de fleurs. Elle le posa soigneusement sur la table à côté de la théière puis, comme si elle
obéissait à une chorégraphie, elle repartit sans un mot, sans un
signe de tête. La Madre se pencha pour entourer de ses mains les
pétales lilas de la fleur. Elle huma la fleur, les yeux fermés. Quand

elle rouvrit les yeux, Teresa crut voir un scintillement dans les yeux de la vieille dame, comme un reflet d'étoile.

« J'ai fait planter celui-ci un peu plus tôt », dit la Madre. Elle s'autorisa un petit rire complice. «C'est une vieille coutume pour moi, je reçois la première fleur de safran de la saison. Je suis sûre que vous me pardonnerez ce petit caprice de vieille dame! »

Une grande vague d'amour traversa la pièce, elle embrassa toute l'assemblée. Teresa la sentit recouvrir son corps et l'étreindre fermement comme un chaud manteau protecteur.

- « Le fil d'or », chuchota la Madre. Elle tendit la main et effleura les pétales de la fleur de safran. « Oui, oui, » dit-elle doucement dans un souffle comme pour elle-même.

La Madre se tourna pour faire face aux jeunes visages.

«Disons qu'il existe une certaine connaissance qui nous vient de l'épice de la fleur de safran. On ne doit pas la partager tant qu'on n'a pas expérimenté soi-même le goût de l'épice. Cette connaissance est nécessaire pour aider à la maturation de l'épice. La plupart des gens, on le comprendra, ne se sentent pas concernés. La voie du safran opère au-delà d'eux. Ils n'ont aucune idée de ce que nous faisons. Vous vous demandez peut-être, vous aussi, ce que nous faisons vraiment ? Eh bien nous donnons sans que personne ne le sache. Vous voulez savoir quelle est la partie la plus difficile dans ce que nous faisons? C'est se comporter comme une personne normale. »

Une fois encore, la Madre se pencha légèrement sur sa chaise. « Pour celles d'entre nous qui travaillent avec les épices du safran, sachez que nous utilisons quatre mains : la patience, la compassion, la compréhension... et faire les petites choses. » Elle se rassit et ferma les yeux.

La Madre garda les yeux fermés pendant quelques minutes, le temps était suspendu. Teresa ressentit l'intemporalité de ce moment, comme si la pièce était le le centre de toutes choses, le cœur du cosmos, un axe autour duquel tournait le ciel.

Teresa savait aussi - elle le sentait - que la Madre était en train de créer un moment, un espace protégé, où l'on pouvait absorber le sens de ses propos. La Madre avait besoin d'un peu de temps avant de passer à l'étape suivante de la récolte. Chaque chose dans la nature a besoin d'un temps de gestation.

« Bien », dit-elle, « continuons ».

«Continuons sur le chemin qui nous attend, celui que nous avons toutes parcouru depuis que nous sommes entrées dans ce lieu pour la première fois. Ce chemin – cette *voie* - est connu comme le chemin du safran. La voie du safran ne consiste pas à rechercher le sublime, à se sentir béni, rayonnant - et autres termes fantaisistes. Il s'agit de travailler dur, de s'aligner correctement et d'offrir un service aux mondes visible et invisible en fonction des besoins les plus importants. Personne ne vous en remerciera, si ce n'est la lumière au cœur de chaque atome qui brillera grâce à ce que vous faites. Mais rassurez-vous, nous ne travaillons pas seuls - personne ne travaille seul sur le chemin du safran. Le travail que nous faisons ne provient pas d'une seule personne, et il n'est pas non plus reçu par une seule personne. D'autres font un travail semblable au nôtre, et pourtant ils ne nous ressemblent pas et nous ne les aimons pas. Il y a à cela une très bonne raison. Ce que nous faisons nécessite une préparation très spécifique. Tout ce qui s'est passé ici en ce lieu, sous les auspices de la Fondation du Safran a consisté à vous préparer à suivre ce chemin. Car pour donner, pour transmettre, il faut d'abord être capable de recevoir. Sans cela, aucune transmission n'est possible. Notre corps et notre esprit sont nécessaires à cet effet. Si ce n'était pas le cas, la vie biologique sur cette planète serait dirigée vers une autre fonction, vers un potentiel différent. Mais non, l'appareil biologique humain a sa fonction comme d'autres formes dans la nature ont la leur. Le corps humain est comme un moule dans lequel nous versons l'épice. »

Joignant le geste à la parole, elle prit sa théière et versa lentement le thé dans sa tasse jusqu'à la remplir.

«En tant que moule, notre corps a ses limites. Mais, en tant que réceptacle, il a un grand potentiel d'adaptation aux trésors qu'il peut recevoir. Soyez certaines que votre corps, malgré sa rigidité, est un compagnon et un hôte merveilleusement polyvalent. Et en tant qu'hôte, il sert de conduit - comme une artère, si l'on peut dire. L'épice fonctionne. Elle travaille à travers les gens. Elle l'a toujours fait. Elle n'a rien d'abstrait, d'éthéré ou de vague. Rien d'une peinture expressionniste ni d'un poème surréaliste. Elle est incroyablement réelle. Bien utilisée, elle peut opérer formidablement avec les gens de cette planète et à travers eux. La fleur de safran le sait et se laisse cultiver pour cet usage. C'est une tradition aussi vieille que les graines de la fleur… aussi vieille que les graines de l'humanité. Certains individus conscients ont agi comme les germes de la société humaine, tout comme les cellules du corps humain. Ils agissent sur la culture dans laquelle ils se trouvent au profit du grand corps. Ces impulsions restent largement méconnues, et pourtant elles sont cruciales pour la vie du corps. Les cultures, comme les fleurs de safran, nécessitent les ingrédients nécessaires pour une bonne nutrition, un bon timing - la plantation et la récolte - et un sol fertile. Nous ne plantons pas les bulbes de safran en hiver. Nous ne les plantons pas non plus dans un sol aride. Il en va de même pour les cultures humaines. Une culture doit avoir diverses graines qui peuvent germer dans le sol préparé, dans les bonnes conditions. Comme vous l'avez peut-être réalisé, il s'agit d'un processus féminin. L'ensemencement, la germination et le développement d'un corps sont autant d'aspects du féminin. Il faut combiner à cela d'autres éléments actifs, mais là n'est pas notre domaine. Nous travaillons avec nos qualités, avec le caractère essentiel de l'épice. La cueilleuse de safran doit fournir un travail essentiel, qui, bien qu'il passe inaperçu, est du plus grand service. Nous opérons dans le corps du monde, dans des cultures dans lesquelles nous pouvons nous déplacer facilement, et nous ne sommes connus que par nos visages extérieurs. Pourtant, nous nous reconnaissons. Il n'y a rien de plus noble que la reconnaissance intérieure de deux âmes. Maintenant, nous nous engageons sur notre chemin, de la manière qui convient le mieux à chacun de nous; dans le service le plus approprié à notre capacité. Et c'est en effet une bénédiction et un privilège des plus merveilleux. C'est un honneur de jouer notre rôle, non seulement pour l'espèce humaine mais aussi pour notre grande famille cosmique. C'est notre fonction. C'est notre récolte. »

À ce stade, la Madre se leva et se dirigea vers les seize filles qui étaient toutes assises par terre devant elle. Instinctivement, elles se levèrent en même temps pour permettre à la Madre de se déplacer parmi elles, comme si elle entrait dans un cercle sacré. Rassemblées autour d'elle, les filles l'encerclaient. Une fois encore, en une communion silencieuse, les seize compagnes se tinrent par la main autour de la silhouette de la Madre. Elles se déplaçaient lentement en sens inverse des aiguilles d'une montre tandis que la silhouette centrale tournait lentement dans le sens inverse. A l'extérieur comme à l'intérieur les deux mouvements commencèrent sur un rythme lent avant de prendre peu à peu de l'élan. Puis elles se mirent à tourner de plus en plus vite…

… Teresa avait l'impression que son corps était entré en transe. Ses jambes bougeaient, ses yeux étaient fermés… la ronde tournait vite… plus vite… elles se déplaçaient, elles bougeaient comme un seul être… le cercle continuait son mouvement… le temps n'existait plus… plus de sens… plus d'image … minutes… plus… plus… plus… contraction… expansion… un picotement … une montée … une énergie … puis … quelque chose a changé …

Allongée sur son lit, Teresa gardait les yeux clos. Il était tard, c'était la fin de la journée, et le sommeil était pourtant bien loin. Teresa essayait de se repasser les événements de la journée. Elle avait senti la communion avec la fleur de safran, avec les épices. Elle avait surtout senti la présence du fil d'or. Non seulement elle l'avait sentie, mais elle l'avait vue avec son œil intérieur. Le fil les avait connectées toutes ensemble, il avait relié les deux cercles. Elle l'avait vu enlacer chacune des filles tandis qu'il se connectait avec la Madre au centre. En esprit, elle avait vu la Madre, les bras ouverts, qui tournoyait au centre du cercle. Les bras ouverts, connectée par le fil d'or à son centre féminin. Teresa l'avait aussi ressenti... Ce mouvement en elle… une sensation très agréable - une explosion dans le corps qui scintillait comme une effervescence de poussière d'étoile… les mots lui manquaient pour en parler. Seules les paroles de La Madre résonnaient en elle. *Souvenons-nous, au plus profond de nos cœurs et au plus profond de notre être, que si le soleil se lève au dehors mais pas en nous-mêmes, alors nous n'aurons rien gagné.*

CHAPITRE TRENTE SIX

~ Là où il n'y a ni harmonie ni grâce,
il n'y a pas de véritable lien ~

Au Foyer du Safran, les jours suivants prirent un tour différent. On était maintenant prêt pour la récolte. Après la dernière pleine lune, on avait attendu que le quatrième quart du cycle lunaire arrive. Quand l'attraction gravitationnelle de la lune est plus faible, disait la Madre, c'est sa période de repos. C'est là qu'on peut récolter les fleurs de safran. C'est là que l'épice est la plus réceptive.

Le *Crocus Sativus*, le crocus du safran, une fleur de couleur lilas qui porte en son cœur le stigmate à trois branches de l'épice féminine. Les trois stigmates dorés par le soleil attendent la main prête à les cueillir. Réceptivité, attente, don, les trois cordes d'une lyre d'or qui attendent la mélodie qui les libérera…

… Les filles se réveillèrent avant l'aube. L'air humide traversait la terre maternelle. Elles allaient vivre leur premier jour

de récolte. Le cœur, la main, le nœud sur le fil d›or… en chacune,
tout était disponible… préparé…

LA RECOLTE

*Le Cueilleur de Safran est un fugitif dans ce monde, un étranger de
l'intérieur. Sa coupe déborde de gratitude et de reconnaissance,
les plus profondes et les plus douces qui soient.*

CHAPITRE TRENTE SEPT

~ L'épice renvoie la transcendance qui siège au cœur du cosmos ~

Arracher des fleurs de safran le matin avant le lever du soleil. Cueillir soigneusement à la main les stigmates cramoisis, puis sécher au soleil les fils de safran pour créer l'épice. Travailler avec les quatre mains du cueilleur de safran, la patience, la compassion, la compréhension… et d'autres petites choses. Un énorme travail qui débouche sur des quantités limitées. Pourtant, rien ne qualifie la valeur de l'épice quand elle provient des mains du véritable cueilleur de safran.

C'était la moisson. Teresa et les autres filles avaient participé à la moisson plusieurs années de suite. A présent, après plusieurs récoltes, elles faisaient à nouveau sécher le safran au soleil pour produire l'épice. Les seize filles avaient appris l'art de la transformation. Elles transformaient les bulbes de safran en fleurs puis en épices sèches. Désormais, elles habitaient un monde où la transformation était contagieuse.

Teresa avait vingt-trois ans, tout comme Tibia et Béatrice. Alicia et Abigail en avaient vingt-cinq. La plus jeune d'entre elles,

Simone, avait vingt-deux ans. Leur groupe de six était devenu plus proche au fil des ans. Les dernières années avaient été encore plus intenses que celles qui les avaient amenées à leur première récolte. Chaque fois qu'on atteignait un pallier, il fallait fournir de nouveaux efforts pour le dépasser. Comme disait la Madre, « … sinon, on reste bloqué sur son île, on se contente de croire qu'on est arrivé, alors qu'on est encore à la dérive ». La cueilleuse de safran n'a d'autre choix que d'avancer. Toujours avancer, ne jamais faire du sur-place.

Avancer, ça voulait dire planter et récolter chaque année les fleurs de safran. Ces matins de récolte, aux premières lueurs de l'aube, étaient des jours spéciaux. Ce n'était pas seulement des jours d'alignement, de communion et de connexion. C'était aussi des moments de grande attention aux moindres détails.

Avant le lever du soleil, les crocus de safran sont refermés dans leur sommeil. La chaude caresse du soleil réveille leurs pétales et leurs stigmates absorbent l'énergie rayonnante. Les cueilleuses de safran doivent travailler rapidement pour récolter le plus possible de crocus avant que la présence du soleil vienne flétrir les précieuses fleurs.

Les seize filles sont assises en silence autour de la grande table de bois. Elles travaillent en communion, reliées par le fil d'or intérieur. Leurs doigts agiles arrachent les trois stigmates ardents du cœur du crocus de safran. Puis elles déposent les stigmates brûlés par le soleil sur un grand tissu blanc, elles les offrent à nouveau au soleil qui monte dans le ciel. A nouveau, les voilà brûlés. Alors, elles les séparent de leur crocus maternel. Cette fois, la chaleur est si intense que la transformation finale s'accomplit. Les stigmates ne sont plus. Ils ont réalisé leur plein potentiel, ils sont devenus l'épice.

L'épice reflète la transcendance qui se trouve au cœur du cosmos.

Teresa était assise tout au fond de la grande cour, sur un banc à l'ombre. A l'autre bout, elle voyait l'eau, recouverte d'une résille. Il y avait maintenant bien des années qu'elle avait jeté son premier regard dans l'ouverture sombre du puits. Depuis, aucune petite fille n'était tombée dans sa gorge humide. C'est ce jour-là que la Madre avait donné à Teresa son mouchoir blanc en dentelle. Le même mouchoir blanc qui ornait encore ses cheveux. Tant d'années… et si peu en même temps. Il était difficile de savoir exactement comment les années l'avaient façonnée de l'intérieur. Effectivement, il y avait au Foyer du Safran une certaine contagion.

Teresa prit du recul et observa l'activité qui se déroulait autour d'elle. Certaines filles allaient bientôt partir, elle le savait. On verrait bientôt de nouveaux jeunes visages. Pour les jeunes, il y aurait une autre professeure de gymnastique, comme Anna l'avait été pour elles. Le travail allait se poursuivre, pour la Madre et pour toutes.

La Madre vieillissait et devenait plus fragile.

CHAPITRE TRENTE HUIT

~ Il y a en chacun de nous un fil d'or, c'est l'intemporalité à partir de laquelle le cosmos nait inlassablement ~

Elle remarqua l'expression de Madame Aisha en entrant dans la pièce. Ces jours-ci, la Madre recevait moins dans ses quartiers privés. Avec les années, les exigences du temps qui s'imposaient à la matriarche du foyer avaient augmenté sans jamais diminuer. Tout comme elle l'avait fait dix-huit ans auparavant, quand elle avait cinq ans, Teresa entra doucement dans la pièce où s'infiltraient les rayons du soleil. La Madre se tenait à l'autre bout de la pièce. Les mains croisées devant elle, elle balayait du regard les nombreux titres de livres. Teresa s'approcha tranquillement.

La Madre se tourna vers elle et lui sourit.

« Les visages valent mieux que les noms. Ils sont aussi beaucoup plus faciles à retenir! » Le visage de la vieille dame dégageait chaleur et compassion. Teresa remarqua les rides profondes qui encadraient maintenant ses traits, des lignes qui délimitaient un terrain inconnu.

« La Madre, vous en faites toujours trop. » La voix de Teresa avait quelque chose d'implorant. Pourtant, elle savait que son plaidoyer se heurterait à une surdité voulue. Teresa savait au plus profond d'elle même qu'il restait encore beaucoup à faire et qu'on avait toujours autant besoin de la Madre.

« Oui ma chérie. Mais c'est une *tâche* qui m'appelle hors de l'intemporalité. Et c'est ce qui nous relie toutes pour que mon travail soit possible, et allégé, par vous toutes qui faites le votre. C'est comme votre jeu de *Softball* : quand vous arrivez sur le terrain, vous vous attendez à ce que vos coéquipières soient là, disponibles et prêtes pour le match. Vous vous attendez aussi à ce que les arbitres soient en place pour observer et compter les points. Vous avez besoin des outils, la batte et la balle, vous les attendez. Maintenant, si vous arriviez sur le terrain de jeu sans que tout cela soit à sa place… eh bien, vous ne pourriez pas jouer. Il en va de même ici au Foyer. Si les gens ne s'acquittent pas de leur préparation, alors je ne peux pas faire mon travail. Vraiment, c'est à cause de vous que je suis ici». La Madre tendit un doigt vers Teresa en souriant. «Bien sûr, nous avons en chacun de nous un fil d'or qui est l'intemporalité à partir de laquelle le cosmos se renouvelle inlassablement. Vieillir, chère enfant, c'est voir se desquamer notre peau extérieure. Toujours nous avons été et toujours nous serons. » Les yeux de La Madre scintillaient, ils dégageaient une empathie qui inonda Teresa. En cet instant, elle ressentait tant d'amour pour la vieille dame, son amie, son mentor, sa mère.

La Madre passa nonchalamment une main sur l'étagère chargée de livres. «Ceux-ci ont leur raison d'être, on s'en servira bientôt. D'autres ne seront pas utilisés. » La Madre lança à Teresa un regard aigu et pénétrant. «Chaque texte est un instrument, un outil qui doit fonctionner correctement à son heure. Le travail de la cueilleuse de safran doit être renouvelé à chaque nouvelle époque, car les circonstances et les contextes varient sans cesse. Mais tu le sais déjà, Teresa. »

La Madre s'éloigna des étagères pour s'installer dans sa grande chaise confortable. « Tu te demandes probablement pourquoi je t'ai fait venir ici ? »

Teresa se dirigea vers l'endroit où La Madre était assise et posa doucement la main sur son épaule.

«Pas besoin d'avoir un motif, mère. Je serai toujours là pour vous. »

«Tu es bonne, mon enfant. Tu es aussi pure que les pétales de safran et aussi ardente à l'intérieur que l'épice. »

Teresa sourit. En effet, au cours de ces dix-huit années, un feu sans chaleur l'avait consommée de l'intérieur.

Le visage de La Madre se fit soudain froid et sans expression. «Je dois te dire que j'attends. J'attends de pouvoir partir. Et jusqu'à ce que cette attente prenne fin, je ne te reverrai pas. » La Madre détourna la tête.

Teresa venait d'être congédiée. Son estomac se serra comme s'il retenait quelque chose prisonnier en lui.

En sortant des quartiers privés de la Madre, elle ferma la porte derrière elle. C'était vrai. Tellement vrai. Teresa le savait, elle l'avait toujours su. Maintenant, il fallait qu'elle la retrouve - cette chose qu'elle savait la plus importante au monde.

CHAPITRE TRENTE NEUF

*~ Chaque être humain est comme la semence d'une fleur,
attendant de féconder le monde ~*

La journée était porteuse d'une sensation oppressante, comme si on avait pincé des cordes invisibles. Pas besoin de mettre des mots, les filles *savaient*, c'est tout. Elles sentaient le fil d'or s'étirer selon de nouveaux dessins, de nouvelles directions. Une main cachée intervenait dans leur conduite, si précisément planifiée pour la remodeler..

Les filles jetèrent des regards inquiets en direction de la salle de bain mais personne ne dit mot. Teresa ressentait les battements de son cœur, elle les percevait même, comme si elle entendait battre tous les cœurs à la fois. Teresa savait qu'elle devrait s'habituer au fil des ans à ce sentiment, à cette sensation. Comment le savait-elle ? Qu'importe, elle le savait. Elle savait aussi que la Madre avait toujours dû vivre avec cette sensation et que c'était encore le cas.

Bien que la Madre l'ait congédiée, bien qu'elle lui ait demandé de ne plus lui rendre visite, Teresa se sentait encore plus

proche de celle qui était son mentor. Après une journée de moro-
sité et de profonde introspection, elle avait finalement compris ce
que la Madre attendait, ce qu'elle désirait vraiment. Non. Pas ce
qu'elle désirait. Ce dont elle avait besoin. Le congé qu'on lui avait
donné était un signal, un rappel que s'il y avait un moment-clé à
vivre, ce devait être maintenant. Teresa se dit qu'elle se rendrait
chez la Madre plus tard dans la soirée. Il fallait d'abord que la
journée s'écoule. Et elle avait l'intuition que ce jour-là ferait partie
de ceux dont elle se souviendrait toujours.

Teresa se rendit à la bibliothèque à la recherche de Madame
Morag. Elle voulait lui parler. D'une manière ou d'une autre, elle
allait pouvoir l'aider; la vieille dame allait lui fournir un cadre
pour ses propres pensées. Impossible de trouver Madame Morag.
La bibliothèque était ouverte, mais sa présence familière faisait
défaut et son bureau était verrouillé.

Teresa décida de se rendre aux cuisines, elle pourrait peut-
être discuter avec Madame Pym, cette force vive de la maison. Elle
trouva une salle à manger bourdonnante d'activité. Un bataillon
de jeunes filles nettoyaient et rangeaient le hall à la hâte tandis
que quelques grandes, telles que Béatrice et Simone, aidaient Madame Pym à ranger plusieurs tables sur le côté. Madame Pym
leva les yeux quand Teresa entra dans la salle, et se remit bien
vite au travail. Il était évident que la solide Dame n'était ni d'humeur ni en capacité de répondre à ses questions. En sortant du
couloir, Teresa faillit se heurter à Madame Celia qui entrait. Teresa lui fit ses excuses et se rendit compte, tout en parlant, qu'il y
avait chez Madame Celia un petit quelque chose de différent. Sa
grande silhouette mince se terminait par un visage toujours aussi
maigre. Mais oui, bien sûr ! Madame Celia venait de se teindre les
cheveux. Ils étaient nettement plus roux que d'habitude, presque
chatoyant sur la peau sans fard de son visage. Les cheveux frai-

chement teints ? Qu'est-ce que cette journée avait donc de particulier ?

Derrière Madame Celia, des visages innocents
écarquillaient les yeux.

Le groupe entra dans le hall en se tenant par la main
comme une farandole. Le fil d'or, pensa Teresa. Elle regardait les
nouvelles venues entrer dans la pièce. Elles avaient l'air tellement
jeunes! Elles ne pouvaient être que…

« Elles ont cinq ans. Il y en une qui en a six, et une autre
quatre. Toutes les autres ont cinq ans. »

Teresa croisa le regard de Madame Celia.

« Oui, reprit la Dame, c'est l'âge que tu avais à ton arrivée.
Peut-être que tu ne t'en souviens plus? Ce jour-là aussi je m'étais
teint les cheveux. » Madame Celia sourit et jeta un regard complice à Teresa. «Mais tu n'es plus une petite fille, n'est-ce pas? Tu
es devenue une vraie Dame! »

Madame Celia poursuivit son chemin avec son cortège de
jeunes filles. « Venez, les filles, j'ai plein de nouvelles choses à
vous montrer! »

Teresa regarda cette file de jeunes corps pénétrer au cœur
du Foyer du Safran.

Quand quelque chose de nouveau entre, quelque chose
d'ancien doit sortir. Il faut toujours maintenir une harmonie, un
équilibre. Comme disait la Madre, c'était comme la circulation

dans le corps. Elle comparait les cueilleuses de safran au sang dans le corps, au flux de la vie. De même que l'inspiration appelle l'expiration. Inspiration, expiration. Ce même jour, des cueilleuses de safran allaient partir. Toutes les filles le savaient mais personne n'osait en parler.

L'instinct de Teresa la conduisit à son dortoir. Elle y entra le cœur battant. Les lits étaient faits, exactement comme elles les avaient laissés. Mais la pièce semblait plus nue que d'habitude. La plupart des objets personnels avaient disparu. Teresa aurait dû le savoir.

La Madre les avait préparées à cela. Elle leur avait dit, de sa voix tendre, avec un regard aimant, que tout être humain, est comme la graine d'une fleur qui attend d'aller féconder le monde. On allait disséminer l'épice. La récolte s'étendrait vers d'autres horizons.

Teresa redescendit le grand escalier de pierre. Elle croisa Madame Morag. Ni l'une ni l'autre ne dit mot. Inutile. Un regard suffisait.

Elles attendaient. Elles attendaient toutes. Elles savaient. Teresa elle-même savait. Alors pourquoi avait-elle gardé ça si longtemps par devers elle? Elle se souvint des mots de la Madre qui avaient charmé son oreille : *la vraie liberté, c'est de ne pas avoir de choix.*

Madame Aisha ouvrit la porte pour la laisser entrer.

CHAPITRE QUARANTE

*~ Le sacrifice est à la fois tout et rien.
Il est le cœur rayonnant et la matrice réceptive ~*

La Madre était installée dans sa chaise préférée, près de la fenêtre aux volets clos. Teresa, se sentait comme une petite fille. Elle entra doucement dans la pièce, elle ne voulait pas faire de bruit. Elle ne voulait pas déranger les grains de poussière en suspension dans l'air, presque immobiles. Comme si elle revivait son premier jour. Mais aujourd'hui, la Madre semblait plus frêle, comme une fleur plus âgée en train de capter la chaleur du soleil. La Madre savait que Teresa était là, mais elle ne bougea pas. Comme si elle voulait délibérément laisser voir son côté fragile. Comme si elle baissait volontairement la garde pour permettre à une autre de voir en elle, de franchir la frontière, ne fut-ce qu'un bref instant. Les deux femmes demeurèrent silencieuses; celle qui observait, celle qui était observée. Dans ce temps suspendu, elles partageaient une étreinte intime. Une reconnaissance silencieuse. Un privilège spécial.

Enfin, la Madre tourna la tête vers Teresa et lui sourit.

« Viens ici, ma chèrie. »

Teresa s'approcha tranquillement. Quand elle arriva près de la Madre, elle se pencha pour déposer un petit baiser sur son front. La Madre lui prit la main.

« Désolée, cela m'a pris si longtemps, dit Teresa d'une voix douce.

«Ne t'en fais pas, mon enfant. Cela a pris le temps qu'il fallait. C'est bien pour toi. Je n'ai jamais douté de cette vérité. Je la connaissais depuis le début. »

La Madre fit signe à Teresa de s'asseoir sur un tabouret en face d'elle.

« Mon attente touche à sa fin? » La Madre interrogeait Teresa du regard, mais ses yeux laissaient passer un flux de chaleur.

Teresa fit oui de la tête. Elle se pencha pour approcher son visage de la vieille dame. Puis elle dit doucement : «C'est un sacrifice. L'essence de l'épice de safran est un sacrifice total. Elle donne toute sa saveur, ses propriétés, ses aspects, elle se donne tout entière à celui qui la reçoit. Et en échange de ce sacrifice, elle reçoit tout, elle devient complète. »

La Madre ferma les yeux et respira plusieurs fois profondément. Quand elle les rouvrit, ce fut avec un regard profond et lointain.

Teresa avait compris l'essence du safran. Elle l'avait compris à l'avant-dernière *réunion des épices.* Une boule d'énergie s'était formée dans sa poitrine quand la Madre avait évoqué l'épice. C'est cette compréhension-là que La Madre s'attendait à recevoir.

La Madre pressa les deux mains de Teresa entre les siennes. Teresa se rendit compte alors que la Madre savait depuis toujours. Comme si elle avait pu lire cette pensée, la vieille dame acquiesça et lui fit un clin d'œil.

«Certaines choses *sont*, Teresa. Le reste est en attente. Le reste attend que monte à la conscience ce qui est déjà connu. Voilà plusieurs jours que j'attends ta venue, mais je n'ai jamais douté un instant que ce moment arriverait. Quand il s'agit de l'essence de l'épice, le doute n'existe pas. Tout a son besoin, et chaque besoin a son heure. Le reste n'est souvent qu'imagination, distraction ou hésitation humaine. Mais pour les fleurs - comme pour toute la belle vie dans la nature - il existe un temps différent. C'est celui de l'écoulement naturel. C'est un flux d'harmonie et de besoin. C'est un motif grandiose où tous les fils s'entrelacent. Le fil d'or se trouve au cœur, avec son propre motif, plus grandiose. C'est à la fois dans la Nature et dans l'humanité, et aussi avec la plus grande Lumière. La voie du safran doit continuer à tisser ce fil d'or tout au long de la vie. Aujourd'hui, la voie a besoin d'un autre cœur, un cœur jeune. Le mien se fatigue. Ce dont on a besoin, c'est d'un grand sacrifice. La voie du safran a toujours exigé ce sacrifice. Tous ceux qui ont été appelés ont fait ce don. Le sacrifice est à la fois tout et rien, c'est le cœur rayonnant et la matrice réceptive. Cette façon d'aimer est celle du cosmos. Le sacrifice est le plus grand amour.

La Madre avança les mains vers Teresa et lui pencha doucement la tête en avant. Puis elle lui glissa les mains dans le dos et détacha le mouchoir blanc de ses cheveux. Elle le déposa entre les mains de Teresa qu'elle étreignit avec force. « Ce sera pour la prochaine, ma chérie. »

Silencieuses, les mains entrelacées, elles respiraient doucement à l'unisson.

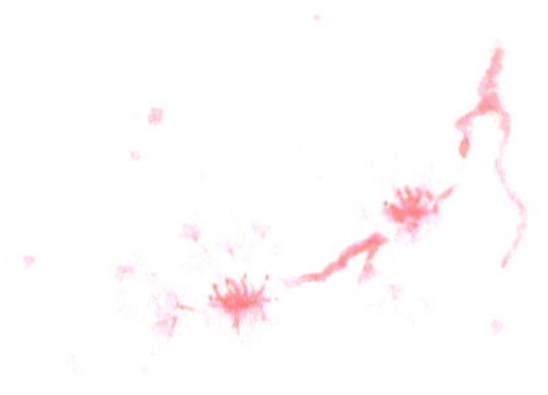

CHAPITRE QUARANTE ET UN

~ Le cœur humain est le reflet des grands desseins du cosmos ~

Depuis la terrasse, sous les toits, Tibia contemplait le ciel nocturne, la tête penchée en arrière. Elle demeura silencieuse quand Teresa s'approcha d'elle. La journée avait été longue. Le Foyer du Safran avait connu de nombreux changements. Côte à côte, les deux filles tentaient de capter la lumière des étoiles en provenance de l'infini.

« Je suis heureuse que tu sois encore là, Tibia. »

La fille aux cheveux courts regarda son amie aux longs cheveux noirs.

« Moi aussi, je suis contente d'être ici avec toi. » Puis elle remarqua que quelque chose avait changé. « Tes cheveux ne sont pas attachés. Où est ton mouchoir blanc ? »

« Il est parti, maintenant. » Teresa regarda Tibia dans les yeux : elle était bien l'amie dont elle avait besoin.

« C'est comme Abigail et Alicia. Elles sont parties elles aussi ! » Les yeux de Tibia s'embuèrent.

Teresa hocha la tête. « Certaines d'entre nous doivent se disperser dans le monde, c'est notre chemin. »

« Je suis toujours là, et toi aussi! »

«Je vais avoir besoin de toi, Tibia. Tu peux m'aider? »

« Bien sûr! » Tibia serra son amie dans ses bras. Teresa l'embrassa en retour, bien qu'elle ait ressenti dans son corps une légère réticence. « Tu sais que je t'aiderai toujours. »

« Ouais, je crois que je l'ai toujours su », répondit Teresa avec un sourire.

« Et à part ça? »

« A part ça? » Teresa regarda son amie et comprit ce qu'elle voulait dire. «Certaines choses vont changer, d'autres non. C'est comme ça depuis toujours. »

« Est-ce que d'autres filles nous quittent? »

Teresa hocha la tête. «Quelques-unes devront partir. On a besoin d'elles dans le monde. En même temps, nous avons des entrées. »

« De nouvelles jeunes âmes qui s'engagent sur la voie des cueilleuses de safran ». Tibia regarda une fois de plus dans la nuit étoilée. Son visage s'éclaira d'un sourire. Puis elle poussa un sou-pir. «Tu te souviens de toutes ces années, Teresa? Nous deux ? L'arbre dans le champ, la pluie, le puits… toutes ces années... »

«Oui le temps a passé. Il file plus vite à mesure que nous vieillissons »

« Pourquoi donc? »

«Nos corps, nos cellules, vibrent plus vite. Tout s'accélère à mesure que nous approchons de la maturité. C'est comme la poussée de la nature avant la floraison. »

« Et avec la maturité, l'accélération continue ? »

« Oui. C'est une accélération vers la décadence et le renou-vellement. »

« Et l'avenir. Et notre avenir? »

«Notre avenir est ici, Tibia. Si tu acceptes d'y rester avec moi, nous resterons jusqu'à ce que nous soyons devenues vieilles… comme les Dames. »

« Et après? »

«Nous quitterons enfin le nid pour entrer dans le monde. Mais ce sera un monde différent. Si tu l'acceptes, Tibia. »

Tibia passa un bras autour du cou de Teresa. « Oui j'accepte. Je resterai ici aussi longtemps que tu y seras. Je ne vais nulle part. Pour moi, le chemin du safran est ici. C'est mon chemin. Et la Madre?

Cette fois, ce fut à Teresa de soupirer. « La Madre que nous connaissons et que nous aimons va bientôt nous quitter. »

Le visage de Tibia s'assombrit. Teresa prit Tibia tout près d'elle comme pour la rassurer. « Mais l'essence de l'épice demeure … elle a été transmise. »

Tibia ne dit rien. Elle écoutait son souffle monter et descendre sous la canopée étoilée.

Quand les premières lueurs de l'aube vinrent éclairer le Foyer du Safran, bien des choses avaient changé. Au réveil, Tibia sentit une atmosphère différente, comme un nouveau parfum dans l'air. Elle regarda aussitôt vers le lit de Teresa. Il était vide. Sa meilleure amie était partie.

MARIA

Soyez infatigable, soyez aimantes.
Soyez l'authentique féminin sur cette terre.
Il n'est rien de plus grand, rien de plus beau,
rien de plus satisfaisant.

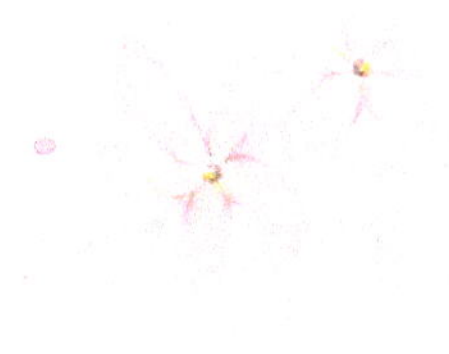

CHAPITRE QUARANTE DEUX

~ La terre une mère parmi une multitude d'autres ~

La petite fille entra doucement dans la pièce, elle ne voulait pas faire de bruit. Elle ne voulait pas déranger les particules de poussière qui dansaient dans les rayons du soleil. Comme il en va aux jours d'été, la lumière était apparue très tôt. La chaleur aussi commençait à monter, elle allait bientôt s'infiltrer par la fenêtre entrebâillée. Tandis que les derniers effluves de jasmin et de belles-de-nuit se faufilaient à l'intérieur, une brise infime apporta un parfum subtil. La petite fille demeura immobile. Elle attendait patiemment. Ses sens en alerte, guettaient le moindre signe, elle était à l'affût du moindre indice. Elle entendait battre son cœur dans sa poitrine. Elle était jeune, mais elle avait appris à observer. Elle savait aussi, d'une certaine manière, que sa présence ici avait un sens. Ses yeux s'arrêtèrent sur la silhouette assise près de la fenêtre.

Maria avait quatre ans. Son entrée dans la chambre de la Madre allait rester l'un de ses plus anciens souvenirs, un des plus précis. C'est là que tout avait commencé, dans cette pièce au doux parfum où se mêlaient ombre et lumière. Tous les événements antérieurs avaient quitté sa vie à l'instant précis où Maria était entrée dans la pièce. Elle se souviendrait toujours de ce matin ensoleillé comme du premier jour de sa vie. C'était la première fois qu'elle rencontrait la Madre. Les premières rencontres ne se reproduisent jamais, même si on le veut très fort. Elles sont précieuses, comme de l'or.

CHAPITRE QUARANTE TROIS

~ Car tu es le soleil et la lune et la pluie et le cœur qui bat… ~

Des années plus tôt, Teresa avait murmuré le secret de l'essence de safran à l'oreille de la Madre. Et alors, non seulement la Madre lui avait révélé la plus grande confluence d'essences, mais avait aussi tenu sa promesse concernant la révélation de l'épice. Il lui avait fallu bien des années pour préparer et transmettre la révélation. C'est Teresa, aujourd'hui, qui en était la gardienne. L'épice a toujours existé dans le monde et il y en aura toujours, tant qu'on pourra compter sur ceux qui sont capables de maintenir la transmission.

Teresa gardait clairement à l'esprit les derniers mots de la Madre.

«J›ai eu mes filles autour de moi, désormais tu auras les tiennes. Tu n'es pas seule, l'épice ne le permet pas. Tu seras assistée dans tout ce que tu feras. Fais confiance à tes amies - les Dames - elles sont pour toi plus qu'une famille, maintenant. Elles sont comme des parties de ton corps. Vous existez en tant qu'unité organique, ensemble, vous partagez vos pensées, vos connaissances et votre compréhension. La Madre n'est qu'une extension de ton cœur, les Dames en sont les organes, le Foyer du Safran le corps, et les cueilleuses de safran seront comme ton sang. La terre est un corps, tout comme nous. Il en va du macrocosme comme du microcosme. Et l'épice est l'ingrédient spécial dont l'humanité a besoin pour continuer à croître sur cette magnifique planète. Tu reçois une grande bénédiction; mais tu te charges aussi du travail le plus exigeant. Demeure infatigable, sois aimante, incarne sur cette terre l'authentique féminin. Il n'est rien de plus grand, de plus beau ni de plus épanouissant. C'est le Tout. Il faut y participer pour pouvoir le comprendre. Mon grand amour, fille bénie de la terre, tu es le soleil, la lune, la pluie et le cœur qui bat. Tu es tout… et tu n'es rien. Tu es à la fois la glèbe et l'esprit. Embrasse le tout et laisse-toi embrasser par le tout. Ne laisse rien à l'écart… mon amour, mon cher amour. Va. Prends soin des fleurs de safran pour moi. »

La Madre était partie. Toutes ses Dames l'avaient suivie, à l'exception d'une seule. Le Foyer du Safran poursuivit son chemin. Le grand bâtiment était une école, un corps, une arche.

CHAPITRE QUARANTE QUATRE

~ De même que cela a toujours existé, cela existera toujours ~

Maria sortit tranquillement de la pièce, l'esprit et le corps emplis de nouvelles sensations. Quand elle quitta les quartiers privés, la secrétaire personnelle de La Madre, Mme Tibia, l'attendait. La vieille dame prit la main de la jeune fille et l'accompagna dans le couloir.

«Voici ta nouvelle maison, Maria. Tu vas apprendre beaucoup de choses nouvelles ici et tu te feras beaucoup de nouvelles amies. Je suis sûre que tu vas te plaire ici. Le Foyer du Safran sait prendre soin de ses filles. »

« Et la Madre? » Demanda la petite fille dans un murmure.

Madame Tibia eut un sourire. Elle caressa doucement les cheveux de la pettite fille. «Oui, La Madre aussi. Elle prend grand soin de tous les enfants. La Madre plus que quiconque. »

Madame Tibia emmena la jeune fille dans la salle à manger commune pour rencontrer les autres. Maria découvrit là d'autres filles comme elle. Toutes avaient la même expression sur le visage, comme si elles baignaient dans un même rayon de lumière d'étoiles. Maria y voyait l'expression de nouvelles venues qui s'efforçaient de comprendre leur nouvelle maison. Maria comprenait très vite.

Une dame trapue au visage réjoui vint les saluer.

« Maria, voici Madame Simone. Elle est responsable des cuisines et de la salle à manger. Elle va s'occuper de toi maintenant jusqu'à ce qu'on t'attribue une chambre. Elle prendra bien soin de toi. C'est sa spécialité. »

Madame Simone adressa à Madame Tibia un sourire entendu, puis elle regarda Maria.

« Viens avec moi, ma chérie, je vais te donner quelque chose de chaud à te mettre dans le ventre. » Elles s'éloignèrent ensemble.

Madame Tibia se retourna et découvrit la silhouette solide de Madame Béatrice qui s'encadrait dans l'embrasure de la porte, un dossier sous le bras. Oui, elle est à peu près de la même taille que Madame Celia, pensa Tibia en adressant un signe de tête à Béatrice.

Tibia revint au grand escalier de pierre qui conduisait aux quartiers privés de la Madre, et à son propre bureau, juste à côté. En entrant dans le couloir, Madame Tibia regarda la porte de la bibliothèque. Elle ne put s'empêcher de jeter un coup d'oeil à l'intérieur. Elle ouvrit doucement la porte et passa la tête dans la pièce. Elle sourit à la vue d'une silhouette délicate qui rangeait des livres sur l'étagère sans même lire leur numéro.

Il en a toujours été ainsi, et il en sera toujours ainsi, pensa Madame Tibia. Elle ferma la porte. Elle adorait le Foyer du safran. Et surtout, elle aimait rester proche de la Madre; sa plus chère amie. Mais, il y avait encore bien du travail.

La Madre s'installa dans sa confortable chaise rembour-
rée. Pas de doute, elle le savait. Tout son corps lui disait que c'était
vrai. Ce serait Maria. Comme cela avait été le cas pour elle tant
d'années auparavant. Elle comprenait aujourd'hui que la Madre
avait su dès leur première rencontre que la petite fille de cinq ans
qu'elle était allait prendre sa suite. Il était important qu'elle le
sache dès le début. Ça changeait tout. Le mouchoir blanc en dentelle serait bientôt noué autour des cheveux de Maria. Les Dames
le sauraient aussi. Tout est affaire de *préparation…* le reste sui-
vrait; telle est la voie du safran.

FIN

www.ingramcontent.com/pod-product-compliance
Lightning Source LLC
Chambersburg PA
CBHW040223170726
48295CB00014B/792